Manuel Vicent
Balada de Caín

Donation from the library of
Jose Pedro Segundo
1922 - 2022
Please pass freely to others readers so
that everyone can enjoy this book!

Manuel Vicent

Balada de Caín

Premio Nadal 1986

Ediciones Destino
Colección
Áncora y Delfín
Volumen 603

© Manuel Vicent
  Ediciones Destino, S.A.
Consejo de Ciento, 425. 08009 Barcelona
Primera edición: febrero 1987
ISBN: 84-233-1537-1
Depósito legal: B. 5067-1987
Impreso por printer, industria gráfica, sa
c. n. II 08620 sant vicenç dels horts
Barcelona 1987
Impreso en España-Pinted in Spain

Según tengo entendido mis padres se aparearon muy lejos ya del edén. Fui engendrado a pleno sol en medio del desierto y luego nací una noche de luna llena bajo un sicomoro. Mi llegada a este mundo fue coreada por los gritos y aplausos de una mona babuina mientras mi madre, a tientas en la oscuridad, se partía el cordón con los dientes. Ella tuvo que esperar a que amaneciera para verme el rostro y con la primera luz del día descubrió que yo traía una marca sagrada en la frente, un cero grabado entre las cejas. No supo interpretar esa señal, pero sin dudar nada me impuso el nombre de Caín, que en la lengua del desierto significa vida. O también: estoy vivo y soy forjador.

Los pechos de mi madre, que unas veces sabían a carne de lagarto y otras a leche de pitera, me amamantaron a lo largo de sucesivas sombras del camino. Los recuerdo en el subconsciente desbridados y cubiertos de polvo, cruzados por unas venas hondas como ríos azules que venían a dar en mi hocico crispado. Aquellos manantiales me llenan de humedad todavía la memoria. Cuando se agotaron, mi madre me destetó untándose los pezones con una pasta de ceniza y a partir de ese momento comencé a alimentarme de raíces, de los frutos que deparaba el azar, de reptiles benignos, de cualquier producto de la caza o de la imaginación y, sobre todo, de mi propia hambre. Desde muy niño me nutrió la espiritualidad de la sequía. Mis padres, que ya llevaban mucho tiempo extraviados en el laberinto de arena con el cráneo ofuscado por aquella luz de cal viva, me inculcaron tenazmente esta idea: el destino del hombre consiste en huir, sólo en huir detrás de un sueño. Ése es el único ejercicio que he practicado. Me llamo Caín. He tenido varios oficios. He sido experto en semillas, fabricante de máscaras, grabador de puñales, guía de caravanas que comerciaban con el oro y las piedras preciosas. He jugado con las virtudes del veneno alambiqueando pócimas y he realizado experimentos con el ámbar gris. También he limpiado algunos retretes y no por eso me considero un científico. Creo que soy un artista, ya que finalmente he sacado punta tocando el saxofón. Cada uno de estos trabajos me ha ido alejando de mi lugar de origen hasta dejarme casi sin resuello en esta esquina de Manhattan donde me gano la vida en una orquesta de jazz. No ignoro que mi nombre va unido al caso de sangre más célebre de la Historia. ¿Será necesario insistir? Mi hermano era un idiota, pero tenía un cuerpo bellísimo que yo amaba sobremanera. Jamás me hubiera atrevido a arañar a un ser tan perfecto e infeliz con una quijada de asno, ni tampoco con un alfanje de plata labrada. El día en que mataron a Abel en el pedregal de Judea yo estaba aquí en Nueva York abrazado a un saxo tenor, convertido ya en un buen perro ciudadano. Me enteré de su muerte por la radio del taxi cuando de madrugada volvía al Hotel Chelsea, que desde entonces me sirve de guarida. La radio del taxi decía: se busca a un sujeto de ojos verdes y rasgos árabes, un metro ochenta de altura aproximadamente, perilla de Alí Babá, pelo rizado, lleva como un cero marcado al fuego entre las cejas y atiende por Caín. Ése era yo.

Ahora estoy sentado en un raído sillón de orejas, rodeado de botellas vacías y derrumbadas por toda la habitación, frente a una chimenea de estilo francés esperando que alguien venga a detenerme. Mientras esto sucede me miro en la lámina de alcohol, me rasco las axilas y deploro la inocencia o el rabo que perdí. En este momento, el boletín de noticias aún está repitiendo el mensaje de mi busca y captura y yo vuelvo la vista atrás, cierro los párpados y en el fondo de la existencia sólo veo tierra calcinada, piedras fulminadas. Recuerdo que balaba una cabra y resplandecían las dunas. Así comienza esta historia. Había adelfas y algunas chumberas cuajadas de higos en aquel barranco por cuyo cauce yo avanzaba dentro de una bolsa de fibra colgado en la espalda de mi padre y el cerebro todavía se me pierde en aquella extensión de arena ondulada y también en los cerros, quebradas, valles y desfiladeros descarnados que crucé a tan tierna edad en compañía de una cabra y una mona. Pero el primer paisaje de mi memoria fue la propia nuca de Adán cuarteada como un barro mal cocido. Yo iba cargado en su espalda y él caminaba encorvado, rezando, y el sol terrible, cuando le daba de lleno, le hacía brotar de la agrietada cerviz un sudor extremadamente salado, que no era sino el sentido de la culpa, y éste formaba sobre la piel de la nuca un espejo oscuro donde se reflejaba mi rostro. Aquel día, la mona abría la marcha, la cabra balaba de sed detrás de la comitiva y el fulgor de las dunas borraba todos los perfiles. No sabría decir cuántas jornadas de camino habían pasado puesto que yo venía de la nada. Sé vagamente que Adán me llevaba a cuestas e imploraba el favor de Jehová murmurando esta especie de salmo: pequeño y despreciable soy y no olvido tus preceptos/tu justicia es eterna/la angustia ha hecho presa de mí/pero tus mandamientos son mis delicias.

De pronto aparecieron unas hierbas pardas y luego unos arbustos raquíticos en medio de aquella soledad, y en el horizonte también se veían manchas negras que sin duda eran vegetales. La tribu hizo una parada a la sombra de un talud. Mi madre bajó por la vertiente del barranco y se puso a examinar huellas enigmáticas en el envés de algunas hojas, partió el tallo de unas plantas, observó la forma de las piedras, comprobó la dirección que marcaban ciertas ramas y todo eso le obligó a dar un grito que resonó en la torrentera llena de avispas. Con este alarido salvaje anunció que el agua estaba cerca. Pero mis padres tardaron aún muchas horas en llegar al oasis. Era el primer oasis de mi infancia. Allí había varias palmeras, un par de higueras y un granado. Del fondo de unas breñas manaba el hilo de un manantial que había creado una charca verdosa, casi cubierta por una nube de insectos, y a un tiro de honda aparecían las aristas de una casamata o fortificación con troneras, medio sumergida en la arena, que dominaba el valle desde un teso muy estratégico. Después de una durísima caminata con el sol en el cráneo ahora comenzaba a oscurecer y una parte del cielo se había convertido en una suspensión de polvo dorado y la tierra exhalaba un perfume de pan. Así, lentamente, fue cayendo la noche y el frío se presentó por sorpresa. En aquel oasis, mis padres encendieron una hoguera y recuerdo que el fuego, en la oscuridad, hacía brillar las córneas de la mona y la dentadura metálica de Adán.

Era tal vez el momento de la nostalgia, ese punto en que el día muere y a los caminantes se les pone dulce el corazón. Mi madre comenzó a contarme bellas e increíbles historias que yo no entendía y Adán guardaba silencio sin apartar la mirada pensativa del juego de las llamas. En ese instante, una estrella fugaz cruzó el firmamento del Génesis. Caín, mira esa luz. ¿La has visto volar? Es un demonio. Recliné la cabeza en su regazo y entonces Eva me contó este relato de la rebelión de unos ángeles mientras me acariciaba el pezón de la oreja.

En una época muy remota, Dios era un astro que reinaba en la esfera más alta del universo y sin duda tenía mucho orgullo. Había allá arriba algunos astros semejantes a él, aunque no tan poderosos, y éstos un día se unieron para derribar del trono al gran Dios del espacio e intentaron abandonar la órbita que les obligaba a dar vueltas a su alrededor, pero al descubrir esta conspiración Dios montó en cólera, la cual produjo una inmensa explosión que destrozó a las estrellas rebeldes, cuyos fragmentos incandescentes fueron condenados a vagar perdidos de noche en el cielo para siempre. Esas ascuas son los demonios. Tienen nombres hermosos. Uno se llama Luzbel o portador de la lumbre. Otro es Belcebú, príncipe de las tinieblas. También está Satanás, el que predica la belleza de la perversión. Hay muchos más: Iblis, Malik, Belial, Abbadón. Van fugaces y errantes por el firmamento en una eterna caída hacia el abismo y, en tierra, sus espíritus hablan en boca de ciertos reptiles. Sus palabras son siempre maravillosas y mortíferas. En cambio, el gran Dios, que ha quedado victorioso en lo alto, se expresa a través de otros animales. Cuando necesita manifestar un deseo, a veces utiliza la garganta de algunas bestias superiores, por ejemplo, su voz es el aullido de un chacal o la risa nerviosa de la hiena. Si de noche oyes el grito de alguna alimaña, hijo mío, tienes que saber que Dios te está hablando.

Bajo las estrellas del desierto, junto al fuego, Eva comía carne de lagarto y no cesaba de narrar hechos felices que sucedieron antiguamente. A continuación, con mágicas palabras, me transportó a aquella región donde crecía el terebinto, cuyo producto es el bedelio, sustancia que sana el morbo de la duda. En su juventud, mis padres amasaban esta resina con estambres de adormidera y luego la tomaban para ponerse luminosos por dentro ya que esa poción les volvía los ojos del revés y les permitía

12

ver los propios minerales del cerebro brillando como rubíes. Parece ser que mis padres, hace mucho tiempo, habían sido muy dichosos en aquel lugar. En un incierto pasado habitaron un jardín lleno de sombras húmedas y brisas amables en medio de un gran estruendo de monos y papagayos. Allí, los árboles daban frutos delicados al paladar, algunas flores tenían propiedades visionarias y había muchas cascadas azules que caían en el mismo lago resplandeciente. Cuando el sol hendía sus aguas con un ángulo de luz exacta, este lago se volvía transparente y en su alveolo, a más de cien brazas de profundidad, sólo en un instante matemático, se podía adivinar la sombra de una ciudad sumergida. Corrían varias leyendas acerca de esta civilización subacuática. Al resplandor de la hoguera, aquella noche mi madre me contó que ella misma en cierta ocasión había escuchado una especie de música que salía de lo más hondo de la sima de agua, una música elaborada con maderas y metales desconocidos. Abandonando de repente el silencio, Adán pronunció por primera vez el nombre del paraíso. Era el edén. En ese momento, yo estaba casi dormido y confundí el sonido de esa palabra con el dulce peso de los párpados, y entonces Eva comenzó a acunarme en su regazo balanceando el tronco y a acariciarme una mejilla templada al calor de las brasas mientras me susurraba esta nana al oído. En el paraíso también había hormigas gigantes que sacaban oro y piedras preciosas de las entrañas de la tierra.

Duérmete, Caín. Duérmete, mi niño. En la jugosa pradera de aquella umbría se posaban aves multicolores, alciones de anchas plumas, patos de cuello variopinto, rojos faisanes, y los monos producían un ruido ensordecedor. Lirio de los valles, carne de azucena, mi niño quiere dormir. Allí crecían mirtos, violetas, laureles en los sotos de esmeralda y en lo alto de una colina había un gran manzano solitario que era el árbol del bien y del mal. Caín ya duerme.

En el primer oasis de mi memoria, aquella noche tuve un sueño. Vi la caída de los ángeles. Eran ascuas perdidas en el cielo que se fugaban de Dios, y en la tierra también vi a mis padres dando vueltas en el jeroglífico de las dunas en compañía de una cabra y una mona, lejos ya del edén. Dios lo auyentaba todo de sí, y en mitad de las tinieblas sentí que me llamaba ladrándome como un chacal para revelarme un destino semejante: huir siempre y ser feliz sin esperar nada. El chacal insomne no cesó de ladrar hasta la madrugada y en un lenguaje cifrado me dijo: alas te voy a dar, Caín, y con ellas el mar infinito y otros continentes podrás sobrevolar sin fatiga. Al son de la flauta llevarás mi mensaje por todo el mundo. Muchachas de trenza dorada te cubrirán de rosas en los banquetes y aunque mueras, serás inmortal. Un carro de fuego te arrebatará para elevarte a las esferas.

De este sueño desperté muy tarde. Había cumplido ya siete años y al abrir los ojos me encontré con un puñal en la mano. Eran otros montes y otro valle, todo bajo la misma luz de

14

cal viva. A esa edad yo sabía que tenía los ojos verdes y la cabra familiar misteriosamente se había multiplicado. Con el ceño abatido por una indecible tristeza, ahora mi padre guardaba un pequeño rebaño en una ladera donde había levantado el altar del sacrificio, junto a otra de aquellas casamatas que siempre aparecían en nuestra ruta y que nos servían de refugio. Para celebrar mi llegada al libre albedrío Adán me había regalado un puñal dorado con mis iniciales grabadas en la hoja, pero entonces yo aún estaba muy diluido con la naturaleza y me sentía feliz. La mona babuina era como una hermana y Eva acababa de inventar la primera tarta de dátiles. A los siete años yo poseía ciertas facultades para la imaginación. Uno de mis juegos preferidos consistía en tumbarme boca arriba y crear nuevas formas de animales con la silueta de las nubes: bichos todavía sin nombre, lentas e inmensas fieras de rabo articulado, serpientes aladas, mamíferos de varias cabezas. Cuando una nube pasaba por aquel firmamento de la niñez, al instante mi fantasía entraba en acción. Su perfil se fundía con las imágenes de mi cerebro y éstas no eran sino derivaciones del deseo que adquirían diseños distintos según la disposición de mi ánimo o el ardor de la sequía. Me divertía promoviendo en el cielo grandes bailes o batallas con las nubes, montando verdaderas carnicerías entre ellas. También me gustaba dormir al sol como un fardacho con la tripa palpitante y experimentar en el interior del cuerpo los latidos que daba la tierra. Pero a ras del suelo la lucha era real. Yo me inicié en el individualismo aquel día en que un alacrán me picó en la planta del pie. Disuelto todavía en la luz del desierto estaba jugando con el puñal que mi padre me había regalado para celebrar la entrada en èl uso de razón, cuando sentí que había pisado una brasa viva y de repente vi correr con la cola levantada a una asquerosa criatura de color miel que buscaba amparo debajo de una piedra. Comencé a retorcerme en el polvo gritando y a través de las lágrimas vislumbré la turbia figura de Adán desnudo que salía de la casamata para auxiliarme seguido de la mona. Conservo muy nítidos algunos fragmentos de aquella escena. Después de olfatear el rastro, la mona se puso a gruñir encima de una pequeña losa de rodeno. Adán la levantó y allí en la madriguera estaba el alacrán temblando de odio. Mi padre lo engarzó en la punta de una vara y lo arrastró así hasta mi presencia para que me consolara viéndolo morir. En silencio, Adán ejecutó la sentencia de la siguiente forma. Bajo el sonido de las chicharras rodeó al alacrán con un cerco de hierba seca y prendió fuego. El animal dio varias vueltas al redondel en llamas y se puso muy tenso al comprobar que no tenía salida. Realizó una sacudida de orgullo y no lo dudó nada. Irguió la cola y torciéndola hacia atrás se incrustó la uña venenosa en la espalda hasta inundar el propio cuerpo de un licor morado. Rodó fulminado ante mis ojos atónitos.

Una vez vengado, entré cojeando en la casamata donde Eva estaba dando de mamar a Abel, recién nacido, echada en un montón de paja mientras mascaba una raíz con la boca llena de jugo. La pierna se me iba poniendo oscura y crecía sin parar hasta tal punto que dudé si no acabaría por llenar todo el recinto de aquella fortificación sumergida. Dado que yo lloraba mucho, Adán ordenó a la mona que alegrara la situación, y con la mejor voluntad la mona comenzó a bailar alrededor de mi extremidad dolorida y durante la danza mi padre entonó un salmo y al final prometió a Dios sacrificarle un cabritillo si me sanaba. Un alacrán acababa de picarme en un pie, que para cualquier fugitivo constituye un instrumento de trabajo, y a pesar de eso aún había que aplacar la ira de Dios echándole de comer.

Unos días después, Adán cumplió la promesa. Llevó un recental hacia el altar y sobre el ara de basalto lo abrió en canal y luego lo dejó con las vísceras al sol para que desde arriba lo viera el amo de las esferas, pero la víctima formó en seguida un anillo de cuervos en el cielo y el olor de sangre hizo bajar de los montes a toda clase de alimañas. En aquella época, yo tenía la cabeza muy confusa. Para mí, Dios era todavía aquel sol que abrasaba todas las cosas. Lo veía emerger cada mañana limpiamente por el perfil de las dunas desafiando la oscuridad. Amanecía siempre con una tierna luz que no hería los ojos y se elevaba con majestad envuelto en una gloria color calabaza. En lo alto de su trayecto celeste se transformaba en un Dios cruel que aplastaba la esencia de los seres creados contra los pedernales del desierto y al doblar la tarde volvía a ponerse dulce, quedando suspendido en medio de un polvo de oro. El sol, de noche, se escondía en el alma de los animales dejando en alguno de ellos el lacre de la divinidad. En ese momento, las aves carroñeras volaban graznando en la vertical del altar. El cabrito sacrificado había atraído a moscas, avispas e insectos y también a un par de raposas y a una pantera negra de ojos verdes, y todos a cierta distancia parecían estudiar la posibilidad de abatirse sobre los despojos. Según la enseñanza recibida, yo sabía que una de aquellas fieras podía ser propiamente Dios, ya que a Dios le gustaba disfrazarse de grajo o de coyote, de felino o de perro silvestre para devorar las ofrendas reglamentarias. ¿Me creerá alguien si digo que a los siete años acuchillé a una alimaña sagrada? Fue aquel día al pie del ara de basalto. El sol estaba arriba castigándolo todo y la pantera negra que había contemplado la ceremonia desde lo alto de un risco comenzó a acercarse al altar con pasos elegantes y taimados. Pronto se iba a plantear el desafío. Nadie es hombre hasta que no se enfrenta a un animal superior y sale victorioso de ese combate. Había llegado el momento de la iniciación.

—Coge el puñal —dijo mi madre.

—Estoy temblando.

—Coge este puñal que lleva tus iniciales grabadas y mata a esa garduña.

—Tiene los ojos de esmeralda.

—Mátala.

Siendo un cazador nocturno, aquel felino había bajado de la cumbre del monte a plena luz para hacer una solitaria y misteriosa degustación de las vísceras del cabritillo que aún palpitaban. La pantera y yo nos avistamos de lejos y lentamente fuimos a encontrarnos muy cerca del ara. En la puerta de la casamata, Adán y Eva se habían dispuesto a presenciar la primera batalla de su hijo, y la mona trataba de infundirme valor e inició algunos aplausos. La pantera negra dio un salto con magnífica elasticidad y encaramada en el altar me esperó allí mostrando los colmillos. Qué verde fuego ardía en su mirada. Cojeando todavía con una pierna llena de veneno, también yo subí a la piedra de basalto y en medio de los dos estaba el recental del sacrificio. En silencio, ambos nos observamos y aunque en mi mano brillaba el puñal, tenía el corazón acongojado por una duda no exenta de terror. ¿Qué Dios se hallaría habitando el interior de aquella fiera? ¿Qué querría decirme ahora con ese gruñido erizado que tal vez salía de unas entrañas divinas? Yo le miraba fijamente. Vamos, salta. No lo pienses más. La pantera elevó el cuerpo con una sacudida casi eléctrica y vino a balancear sus garras contra mi pecho, pero yo detuve esta embestida con una ciega estocada, que apenas le rozó un costado. Ella se revolvió. Estaba sangrando ya el acero y esto excitó a la alimaña. Sobre nuestras cabezas había un revuelo de grajos chillando. El segundo asalto duró más o tal vez el

19

nudo que formé con el animal fue más intenso. Veía pasar la ráfaga de sus colmillos iluminando mi carne, sentía ya el brazo desgarrado y múltiples heridas habían comenzado a confundir nuestra sangre. El miedo me impulsaba al ardor. Ambos me tenían sumido en un espacio neumático que unificaba en mi cerebro todos los sonidos: vítores de mis padres, aplausos de la mona, balidos de varias cabras, rugidos del enemigo, chasquidos de alas y gritos de las aves tiñosas que orlaban aquella lucha. Probablemente a la pantera negra de ojos de esmeralda le perdió la propia gloria. Era tal la seguridad que tenía en vencerme que al final sólo reparaba en su fiereza. En la tercera acometida, ella misma se precipitó contra el puñal con el que yo la mantenía a raya. Parecía buscar la muerte para salvarme. De hecho, no hice otra cosa que afirmar el pulso en el aire cuando el felino voló por encima de la ofrenda del altar hacia mí y al percibir que el arma penetraba en su cuerpo suavemente entre dos costillas experimenté una sensación religiosa. El puñal llevaba en la hoja mis iniciales grabadas. Estas letras también quedaron inscritas en las vísceras del animal sagrado. Después del combate, mi madre me ungió con un beso. Durante mucho tiempo lucí la piel de la pantera como una vestidura levítica, me adornaba con ella para ayudar a mi padre en los ritos que le exigía Dios. Ahora estoy tratando de construir aquel tiempo sobre las caderas de mi madre, que eran de arena. Mi infancia también está amasada con la pasta solar del desierto, como un conjunto de lejanas, perdidas siluetas.

En la madrugada del otro día, al terminar el trabajo en el Club de Jazz, entré en una tienda macrobiótica situada en una esquina de Soho a comprar frascos de minerales, manzanas y pan ácimo. Había allí varios coleccionistas nocturnos de vitaminas y zanahorias. Noté que todos me miraban con inquietud y lo mismo hacían la chica de la caja y el guardajurado. Quiero decir que miraban con una mezcla de sorpresa y precaución esta marca roja que adorna mi frente. No sucedía como otras veces. Ahora ellos parecían tener miedo, no sólo curiosidad. Una sensación semejante tuve en la licorería luego, mientras me abastecía de algunas botellas. También los devotos del alcohol me examinaban con ojos furtivos entre las barricadas de licores. ¿Qué había sucedido con mi imagen? ¿Qué extraña vibración estaba emitiendo el cero de mi testuz aquella noche? No lo supe hasta que cogí el taxi en la acera de Washington Square. Abrazado al estuche del saxofón, a la bolsa llena de comestibles, de botellas de whisky y tarrinas de magnesio, iba rodando por la Quinta Avenida en dirección a la calle 23 cuando la radio repitió el boletín de noticias. Se oían muchas sirenas de policía en la ciudad a oscuras y dentro del coche hice un comentario banal acerca de esta tabarra.

—¿Cómo? ¿No lo sabe? —exclamó el taxista.

—No sé nada, primo. ¿Qué ha pasado ahora?

—Acaban de matar a un famoso que se llama Abel.

—¿Abel, el bailarín?

—Algo así.

—¿Dónde ha sido?

—Nadie lo dice. Parece como si lo hubieran matado en infinitos lugares a la vez.

—Eso sucede a menudo. Un hombre siempre muere en distintos sitios al mismo tiempo.

—Y también da la sensación que el crimen ha ocurrido hace miles de años, aunque lo han descubierto esta tarde. La radio lo está dando de nuevo. La policía busca a alguien que lleve una señal en la frente y se llame Caín. ¿No es mucha coincidencia?

—Puede tratarse de un serial.

—Nada de eso. A Abel lo acaba de matar su hermano. Es real. Oiga esto. Son noticias de las cuatro de la madrugada.

La radio del taxi no hacía sino repetir el mensaje de busca y captura en medio de una ciudad a oscuras convulsionada por las patrullas de los polizontes. Aquella noche se oían demasiadas sirenas en Manhattan. Me apeé del coche en la esquina de la calle 23 y al devolverme el cambio de cinco dólares el taxista reparó en la marca que llevo en la frente, pero no dijo nada. Sólo abrió los ojos desmesuradamente y partió a gran velocidad. Como siempre, Nueva York olía a tarta podrida, a hígado de pollo en almíbar. Cargado con el saxofón y las viandas anduve un buen trecho por la acera solitaria hasta llegar al hotel y en el camino encontré a una pareja de hombres rata que escarbaba unas bolsas de basura. Eran unos seres de color gris, sin pestañas, empapados de herrumbre húmeda. Otras veces, a esa misma hora de la madrugada, los había sorprendido saliendo del pozo negro de la ciudad por una boca de alcantarilla e incluso uno de ellos en cierta ocasión me sonrió con extrema inocencia. Esa noche, los hombres rata siguieron hozando en la fétida dulzura del vertedero cuando pasé por su lado y no fijaron en mí sus ojos blancos de gelatina. Las bocinas de la policía sonaban lejos, rítmicamente, como los latidos de la conciencia, y me excitaban el sentido de la culpa, y aunque para infundirme valor yo caminaba dando golpes duros con las botas en la soledad de la calzada, sentía el peso de una mirada terrible en la cerviz y no hacía sino recordar la voz cavernosa que repetía el boletín de noticias: ¿dónde está tu hermano? ¿dónde está tu hermano? Abel ha sido asesinado. Se busca a un sujeto de ojos verdes y rasgos árabes, de un metro ochenta aproximadamente. Usa perilla de Alí Babá, tiene el pelo rizado, lleva un cero marcado entre las cejas y atiende por Caín.

Ahora la ciudad se encontraba en estado de alerta. Tal vez mañana mi rostro poblaría todas las paredes, las estaciones del suburbano, los periódicos, la televisión, los puestos de control y yo me convertiría en el perro sarnoso más célebre de Nueva York. Seguramente, alguien en este momento me esperaba ya en el hotel para echarme el guante y yo aún no sabía si me querían vivo o muerto. Cualquier ciudadano celoso que me acribillara por la espalda sería condecorado en público. Mi futuro se hallaba a merced de cualquier marca de rifle. Pero esa madrugada en el Hotel Chelsea no me esperaba nadie. En el vestíbulo había unos mendigos refugiados del frío que dormían el alcohol en las viejas butacas junto a la chimenea. Ninguno de ellos había oído la radio. En mi habitación, la cama llevaba tres días deshecha entre botellas derrumbadas.

Abel era aquel niño que descubrí en el interior de la casamata una mañana en que me picó un alacrán. El recinto fortificado estaba en penumbra y desde las aspilleras que se abrían en los lienzos de hormigón unas lanzas de sol iluminaban el montón de paja donde Eva recostada en un antebrazo daba de mamar a su segundo varón mientras mascaba una raíz virtuosa. Él agitaba las dulces patitas llenas de pliegues de carne sonrosada y ya se comportaba con seriedad. Abel era un infantillo de ojos azules, lo que se dice un lechal de mofletes encendidos, que creció suavemente al son de la flauta en el desierto sin crear problemas a la familia. Entre nosotros dos nunca hubo un percance aparte del amor, hasta el día en que nos separamos a orillas del Mar Muerto. Pero esta noche no quiero pensar en ese bellísimo idiota. Chorreando whisky por las orejas me gustaría evocar ahora la figura de Adán.

Mi padre era un hombre guapo y triste, un

24

pesimista con buena planta que se comportaba como un colono expropiado al que han echado a patadas de la finca y estaba encerrado siempre en un sólido silencio que rompía a veces para rezar a Dios y gemir exclamaciones de nostalgia que aludían a un determinado jardín. No sólo las desgracias dejan huellas en el rostro. También la dicha que uno haya vivido en el pasado se posa en un punto de la mirada. En el semblante de mi padre había restos de una antigua felicidad, aunque yo lo conocí entregado ya a la depresión dándome consejos de esclavo. La mona había sido una de sus criadas en el paraíso, la única que le siguió en el destierro, y cuando jugaba con ella a mi padre se le ponía resplandeciente la cara.

Pero mi padre no era Tarzán sino un hombre perdido en el laberinto del desierto que exhibía ante mí una idea derrotada de la vida. Respecto de Dios tenía una opinión distinta a la de mi madre. Dios no era el sol, los animales nunca asumían poderes sagrados y el corazón de los mortales tampoco formaba parte de la naturaleza. Más bien al contrario. Los sentimientos había que ocultarlos puesto que podían llevarte a la perdición, las bestias debían su violencia al pecado y Dios estaba diseñado como un gigante: era un patrón fornido y de mal carácter, aunque a veces también se ponía melindroso. Esto contaba mi padre gimiendo de nostalgia. En tiempos del paraíso, Dios solía presentarse de improviso en medio de aquella floresta apartando ramas y venía acicalado con pinta de levantador de pesas o domador de leones. Mis padres soñaban recostados en el césped, contemplaban la raya de los cisnes en el estanque y un tigre les servía de almohada, y de pronto llegaba Dios rodeado de monos arcángeles por un camino entre setos de boj arreándose alegremente con una vara las botas de antílope. Dios poseía un gran vestuario. A veces lucía un solideo de moaré en la coronilla, pantalón de seda blanca ceñido a la cadera, zapatos de charol, chaqueta de terciopelo azul con una estrella de plata en la solapa, todo espolvoreado de lentejuelas como Bop Hope a la hora de abrir un musical. En cambio, otros días descendía del cielo equipado de vaquero duro con cinchos, hebillas y espolones cuyo fulgor nacía de una ignorada aleación de metales. El Dios de mi padre era inmenso y sanguíneo, lleno de caprichos de bebé furioso, comido por los celos, terrible en los momentos de cólera, pastueño y dulce en ocasiones. Venillas incandescentes le cruzaban los carrillos, la nariz y la sotabarba, iluminándole la faz, y también le salían pelos de oro por las orejas y las fosas nasales. Parecía que él mismo se había dejado dentro del cuerpo una luz encendida. Al hablar de este Dios, mi padre siempre temblaba. Movía la cabeza. Bajaba la voz. Entonces la melancolía se lo llevaba muy lejos y miraba las nubes que viajaban en dirección al sur. Y me decía:

—No sabes, hijo mío, cómo eran aquellas mañanas en el edén. Gritaba un enjambre de simios en el resplandor de los árboles, los papagayos emitían melodías de caña, había rumores de fuentes o de abejas, las aves hacían el amor en la espalda de los leopardos y los frutos, dorados como lámparas votivas, pendían en el aire perfumado, incluidas unas manzanas verde doncella que llevaban inoculado el principio de la ciencia. De repente, en el firmamento, sobre la vertical del paraíso, se escuchaba una tremenda detonación que hacía enmudecer a todos los animales. Era Dios que acababa de atravesar la barrera del sonido enfilado hacia la tierra. En la colina de esmeralda donde crecía el único manzano del jardín, aquella espiral de luz se convertía en una figura sólida. La imagen del patrón surgía del remolino. Dios aparecía vestido de astronauta o de vaquero del oeste o de estanciero criollo o de bailarín de claqué o de señorito latifundista o de patriarca cabrero o de cazador de mariposas o de jardinero jubilado o de papá Noel. Según qué viento le zumbaba el cráneo venía silbando por el sendero de costumbre o te sorprendía por detrás, mientras Eva y yo compartíamos nuestra carne en un juego a la sombra de ciertos prunos que dejaban retales de sol en la pradera. Rodeado de gorilas con espada que eran arcángeles, Dios también podía llegar arrebatado por la neurosis. Ese día podías enloquecer. Te besaba o te azotaba. De sus fauces brotaban preceptos sin parar y luego te cubría de presentes. ¿Ves estos dientes de oro, Caín? Son siete. Me los regaló Dios en varios cumpleaños. Con sus propias manos él mismo me los engarzó.

En medio del desierto poblado de coyotes y

alacranes, lejos del paraíso, Adán narraba estos hechos insólitos sentado a la puerta de una casamata o nido de ametralladoras con una mona en brazos y echado a sus pies yo le escuchaba. A la mona le regalaba nueces y a mí me daba consejos de esclavo. Con ella reía sus siete dientes de oro y conmigo compartía la esquizofrenia de Dios. Si bien aquella tarde el valle se había puesto dulce y todo invitaba a tener sensaciones mórbidas, mi padre me decía: caerá sobre ti la desgracia y no sabrás de donde nace; ofrece al Señor víctimas de expiación y no pretendas ser feliz; en el solar de tu casa crecerán espinas y ortigas, tu fortaleza se cubrirá de cardos y cuando te sientas mal tu desdicha no habrá hecho más que empezar; espera de Dios siempre el castigo para que su bondad caiga sobre ti como un bálsamo. Mi padre me decía estas cosas elevando una mano conminadora en el aire y con la otra le rascaba la tripa a la mona, la cual reía entre las amenazas y los proverbios. Aquella mona un día había visto la cara de Dios. Carecía de responsabilidad. Había sido criada de mis padres en los tiempos felices del edén y con ellos partió al exilio sin traumas y ahora aún estaba alegre y vacía, se agarraba a las ramas del sicomoro con el rabo y no tenía pasado ni futuro. Cuántas veces deseé ser como ella. Qué esfuerzos hice por imitarla. Mi padre temía a Dios. Yo temía a mi padre. En medio de aquel terror que caía en cascada, la mona no hacía sino mostrar al cielo sus enormes encías rojas. Con qué intensidad seguía en-

28

tonces sus enseñanzas. También yo cogía las nueces con los dedos de los pies y los llevaba a la boca, me rascaba las axilas, bajaba por el tronco de las palmeras velozmente de coronilla a tierra y al reír me quedaba con la dentadura abierta y el pensamiento cerrado o fundido. El celo le duraba seis días a la mona babuina y lo proclamaba hinchando los genitales debajo de la cola, paseando la flor gigantesca del sexo por el oasis envuelta en un perfume embriagador. La primera frustración de mi vida fue comprobar que yo jamás tendría rabo y a eso se debió la primera paliza que recibí. Tal vez me puse muy pesado sin dejar de berrear durante una hora seguida en la lejana niñez.

—Caín, hijo. ¿Te duele algo? ¿Qué te pasa esta mañana? —me decía mi madre.

—Nada.

—¿Tienes hambre?

—No.

—¿Tienes sed?

—No.

—Toma esta pulsera de ágata.

—No quiero.

—¿Has perdido el puñal?

—No.

—Entonces, ¿por qué lloras, Caín, hijo mío? Las ubres de la cabra están llenas y su color es violeta.

—Ella.

—¿Quién es ella?

—La mona.

—¿Qué sucede con la mona? ¿Te ha mordido?

—Tiene rabo. Yo también quiero tener rabo.

—¿Para qué?

—Para jugar.

—¡Cielo santo! ¿Has oído esto?

—Lo he oído —exclamó mi padre.

Sin mediar aviso, de repente, Adán la emprendió a patadas conmigo fuera de sí. Aquel odio que le brotaba de las entrañas me era desconocido, resultaba demasiado misterioso, y ciertas palabras inconexas y voluptuosas que pronunció al acompañar los golpes todavía no las he olvidado.

—El rabo es un privilegio de Dios. ¿Te enteras? Pide perdón.

—¡Suelta al niño! —gritaba mi madre.

—¡Cállate! ¿Acaso no recuerdas lo que pasó? Maldita sea. Fuiste tú la que también quería ser inmortal como la mona.

—Déjame en paz.

—La mona es pura. No la mezcles en tus cosas.

—¡Suelta al niño!

—Ella es lo único que me une al paraíso.

—¡No le pegues más!

—¡Que pida perdón!

—¿A quién? —supliqué yo llorando.

—A Dios.

Era imposible que un rabo de mona despertara tantas pasiones y lo que comenzó siendo un capricho acabó por convertirse en el nudo de mi inteligencia. El rabo de la mona o el pacto de Dios. Sin pretenderlo había encontrado la clave de aquel enigma del paraíso que ocultaba la dicha de mis antepasados. ¿Qué era el paraíso realmente? ¿Qué había sucedido allí? En los ojos de la mona había quedado un jeroglífico. Ella constituía el último punto de conexión o encrucijada de caminos: uno conducía a la locura de la lucidez, otro se perdía en la oscuridad de los sentidos.

Era una tarde maravillosa y el desierto se hallaba en el grado más sutil de la dulzura. Desde la ladera se veía la perdida extensión de arena color malva con reflejos de púrpura y mi padre ya se había calmado. Ahora estaba rezando a Jehová mientras pelaba una raíz benévola sentado a la puerta del nido de ametralladoras, cuando en aquel firmamento bruñido del Génesis se oyó un trueno largo, interminable, que interrumpió la oración y la pequeña labor de Adán. Por el espacio pasaron muy altos tres pájaros de acero que el sol del crepúsculo encendía de un costado. Dejando una estela de humo, las tres sombras luminosas cruzaron el azul seco y se perdieron a una velocidad inconcebible. Mis padres habían presenciado esa visión otras veces. Les pregunté:

—¿Dónde van esos pájaros?

—Pasan siempre hacia el oeste.

—¿Qué hay allí?

—No lo sé —contestó mi madre—. Pero todas las caravanas de hombres azules y elefantes blancos que he visto cruzar por el horizonte también van en esa dirección.

—Será el paraíso.

—No.

—¿Dónde está el paraíso?

—Caín, hijo mío, el paraíso está allá.

Mis padres se pusieron de pie y cada uno al mismo tiempo señaló en sentido contrario un punto en la lejanía. Realmente no lo sabían o tal vez ya lo habían olvidado. El laberinto del desierto era demasiado hermético y nosotros huíamos a medida que los manantiales se iban agotando. Un día tuvimos que dejar aquella ladera. Mis padres escogieron un camino al azar, obedeciendo siempre la ruta de aquellos pájaros de acero en el cielo y las huellas de los chacales en la tierra. En el fondo de los ojos se veía una cordillera mineral traspasada de luz, pero un mar de dunas casi infinito nos separaba de ella. Tal vez allí surgiría una fuente, un poco de pasto y otro sueño. Habiendo acopiado la última agua en unas calabazas secas y cargados con provisiones de higos prensados, de nuevo la tribu emprendió la marcha. Éste era mi destino: seguir los pasos de una mona, de un rebaño de cabras y de una pareja de mortales desvariados por los senos de arena con la lengua pegada al paladar. ¿Hallaríamos alguna vez aquellas caravanas de hombres azules que transportaban oro finísimo de Hevilat? Eva me había hablado mucho de ellos. Eran seres de ébano con turbantes plateados y largas túnicas de seda que cabalgaban elefantes envueltos en perfumes calientes. Durante varias jornadas, las huellas de distintas alimañas nos sirvieron de orientación y sólo vimos alguna calavera de animal cuyos huesos pelados refulgían y también pieles de serpiente. No se percibía el más leve índice de vida en aquel silencio transparente, pero una mañana, en medio del arenal, nos sorprendió a lo largo de una torrentera la visión de unas alambradas que se extendían mantenidas por piquetas hasta perderse en una vaguada. Engarzados en ellas había harapos militares podridos y no muy lejos quedaban restos de un vehículo chamuscado por un incendio. La mona se encaramó en aquel montón de chatarra y comenzó a explorar su interior. Para Adán todo era incomprensible. Y como siempre que no entendía algo también ahora se puso a rezar a Jehová. Los hierros ardían al sol y mi padre, que sudaba a chorros, con la cabeza baja, sentado en una rueda de caucho murmuró una cantinela parecida a ésta: el Señor es mi guía y mi salud, ¿a quién temeré?/El Señor es el baluarte de mi vida, ¿de quién temblaré?/Cuando me asaltan los malignos para devorar mi carne,/mis adversarios y enemigos resbalan y se derrumban./Aunque acampen contra mí ejércitos, no temerá mi corazón./Aunque se levante guerra contra mí, yo confiaré en el Señor.

Al otro lado de las alambradas también se veía un monstruo semejante al caparazón de una tortuga gigante con unas cintas dentadas en los flancos y un tubo enhiesto en el aire. Las cabras estaban detenidas y balaban mientras mi madre había ido a explorar un paso. Lo encontró en el cauce de un barranco y desde allí nos llamó. Bordeando el parapeto de espinos, mi

33

padre arreó el ganado y yo iba con la mona detrás a cierta distancia hacia el lugar donde Eva nos esperaba con Abel en brazos. No supe entonces lo que Adán había pisado, pero de pronto se oyó un estallido increíble que formó un cono de arena luminosa y dentro de ese cono vi tres cabras despanzurradas y también a mi padre que había saltado por los aires como un pelele. Todo aconteció con la crueldad más fugaz. Mi padre cayó el primero e inesperadamente comprobé que la explosión le había reventado no sólo el cuerpo sino también una secreta bolsa llena de joyas que llevaba escondida bajo el taparrabos, junto al sexo. Eran esmeraldas mezcladas con sangre, algunos rubíes que se confundían con ella y varios diamantes. Adán quedó inmóvil con la boca abierta. Le brillaban siete dientes de oro y a su alrededor había tres cabras muertas también. Sobre la matanza se fue luego abatiendo el polvo de la explosión mientras mi madre corría y daba alaridos con Abel en brazos por el filo de la duna. Siendo muy niño, yo había visto la agonía de una zorra en el interior de un zarzal florido. Aquel estertor seguido de una última mirada interrogante, que tanto me conmovió entonces, era el mismo que había investido el cadáver de mi padre rodeado de tres cabras destrozadas. Sin derramar una lágrima, Eva contempló aquellos despojos en silencio durante un tiempo y, después, elevó una mirada de odio con el labio inferior mordido hacia el azul del cielo, escupió y me dijo:

—Ayúdame a recoger las alhajas.

—¿Por qué ha muerto? —pregunté.

—Nunca ha tenido suerte este hombre. El temor de Dios lo ha reventado. Ábrele bien la boca.

—¿Para qué?

—Quiero arrancarle los dientes de oro. Siempre sufriendo. Siempre rezando. Tenía que suceder. Dios ya nos había anunciado la muerte. Coge ese topacio, Caín.

—¿Cómo tenía tantas joyas?

—Las había sacado del paraíso en secreto. Tira fuerte de la dentadura.

—¿Así?

—Ya está. Dios le regaló a tu padre estas fundas de oro en ciertos cumpleaños cuando vivíamos en el edén. Guárdalas. Algún día te pueden servir.

En una bolsa de cuero reunió Eva el tesoro ensangrentado de la familia cuya existencia yo ignoraba. Esmeraldas, rubíes, brillantes y piedras de ágata en forma de brazaletes. Realmente mi padre estaba muerto y una vez despojado de alhajas no hubo necesidad de darle sepultura. Unas rachas de siroco lentamente comenzaron a levantar lenguas de arena y éstas se adensaron en torno al derrotado cuerpo de Adán y del volumen de las tres cabras hasta que sus figuras quedaron sumergidas en el desierto. Para no olvidar el punto de la tumba mi madre trazó inútilmente sobre ella un círculo enigmático con el dedo, pero en seguida el viento lo borró formando un seno tan ondulado como la sustancia de la memoria. Le pregunté a mi madre:

—¿Qué significa ese círculo que has trazado?

—Así era el paraíso.

—¿Tiene algo que ver con el cero que llevo en la frente?

—Eres un adolescente todavía, Caín. Ciertas cosas sólo existen para no ser nunca pronunciadas.

Cuando llegué a aquella cordillera de luz era ya un adolescente quemado por el sol. Allí había un manantial y las palmeras, sicomoros, higueras, rosas de Jericó, nopales y granados rodeaban un estanque cerca de una fortificación abandonada que nos servía de cobijo. Fue una época feliz de mi vida. La ausencia mortal de mi padre me había hecho libre y el silencio definitivo de sus plegarias me ayudó a pensar por mí mismo. En aquel estanque comencé a mirarme el rostro reflejado y bajo un manzano agraz descubrí el placer solitario del cuerpo y también elaboré las primeras melodías soplando en el filo de una hoja y luego grabé máscaras con una lasca de sílex en las pencas de palmera real. Igualmente, me inicié en la observación de las semillas y crié una pequeña huerta. Antes de convertirme en un artista o en forjador de puñales fui un adolescente labrador que ofrecía frutas y hortalizas a Dios con toda regularidad, siguiendo las prácticas de mi padre que no había olvidado. Eva no creía en nada. Sólo confiaba en algunas raíces y jugos benéficos, temía a las serpientes y aborrecía a Dios. Tenía las caderas muy anchas, que parecían de arena, y me enseñaba a sobrevivir diluido en la sensación de las estaciones. No obstante, una vez a la semana yo escogía los mejores productos de la huerta: pepinos, nabos, calabacines, pimientos, sandías o lechugas, según la temporada, y murmurando luego entre dientes las alabanzas de rigor llevaba la cesta cargada hasta la roca negra o ara de basalto erigida con mis propias manos en lo alto de una descarnada colina, y allí componía un magnífico bodegón de primicias para saciar la gula hipotética de Dios. Me gustaba realizar este trabajo al amanecer con el sol tierno todavía y la escarcha ya rosada. Dejaba los dones sobre el altar a modo de señuelo pero Dios nunca bajaba a la tierra. Su presencia era sustituida por las alimañas herbívoras y toda suerte de aves. Probablemente, Dios devoraba las ofrendas multiplicado en mil gorriones o estorninos, disfrazado de jabalí o revelado en alguna cabra de mi rebaño, pero nunca se hacía evidente. Entre todos los animales que se acercaban al ara yo tenía que intuir quién era Él o qué vísceras había elegido para devorar el sacrificio. Ese misterio religioso terminó por convertirse en un juego de apuestas en el que Eva intervenía sacrílegamente.

—Creo que Dios esta vez ha sido un grajo.
—¿Aquel que se hizo con el calabacín?
—Ése.
—¿No te has fijado en la cara que ponía la hiena?
—No existen hienas vegetarianas.
—Junto a la sandía había una.
—Entonces sería él —exclamó mi madre.

Sentado al pie del sicomoro, mordisqueando una brizna de anís, se me ocurrió una idea para preservar en toda su pureza los alimentos de la ofrenda hasta la hora en que Dios, a través de su alimaña preferida, pudiera elegir. Pensé en armar un palitroque con unas gavillas de paja y vestirlo con unos pellejos de cabrón, calzarlo con pezuñas y fabricar así un espantapájaros a imagen y semejanza de Dios, pero yo no había visto nunca su rostro sino en la imaginación de las historias del paraíso que el difunto Adán me había contado. Un día hice madera de un granado y en ella, a expensas de mi inspiración, fui tallando con el puñal y grabando con una lasca la expresión del semblante divino fijado al azar en un momento de cólera o de máxima furia. Coloqué la máscara en el extremo del palo adornado con pieles, fijé dos brazos abiertos con gavillas y al ver que el siroco agitaba aquella figura y la dotaba de un simulacro de vida experimenté el placer del artista, aunque esta representación sólo tenía un carácter utilitario. Simplemente quería ahorrarme disgustos o conquistar cierta libertad. Para eso había que auyentar a las aves y alimañas que cercenaban las frutas antes de que las viera Dios desde lo alto o delegara en una fiera determinada. El espantapájaros me concedería independencia. Ahora podría dormir, soñar, improvisar melodías debajo del manzano agraz soplando en el filo de una hoja, estudiar las costumbres de las arañas, trabajar en la huerta, analizar los ciclos de las plantas y completar la labor de mis padres dando nombre a las cosas sin que mi presencia fuera necesaria en el altar puesto que iba a ser sustituido por un monigote. No me explico por qué este ingenuo ardid molestó de tal forma al dueño absoluto de las esferas. Yo había creado ese espantajo de buena fe, pero ignoraba sus propiedades.

Echado a la sombra del sicomoro estaba yo una mañana dormitando con los ojos abiertos bajo el ala del sombrero y la ardua luz del desierto me cegaba. El tedio me había sumido en la imaginación. Miraba las nubes que pasaban lentas por aquel cielo bruñido del Génesis y trababa combates entre ellas. También recordaba viejas historias del edén mientras vigilaba el ara sagrada sobre la cual había depositado varios serones con frutas. Cerca de la parada, el espantapájaros agitaba las vestiduras al viento. En ese momento entró en acción su virtud. Me encontraba yo muy metido buscando nuevos pensamientos en el cogote cuando sonó de pronto en el firmamento un tremendo zambombazo seguido de una estampida de animales, y entonces vi un remolino de arena luminosa que se posaba en la descarnada colina junto a las gradas del altar. Dios en persona acababa de aterrizar rodeado de gorilas que eran arcángeles. La espiral de polvo se hizo sólida, se transformó en un gigante, el cual fustigándose las botas de antílope con una vara comenzó a dar vueltas a la roca negra del sacrificio como un coronel que revisa el rancho o como un asentador de frutas que inspecciona el género o como un capataz que examina la calidad de la cosecha. La mona estaba a mi lado en ese instante de la revelación. Al ver a Dios comenzó a dar gritos de alegría y después de rascarse las axilas se arrancó con suma velocidad hacia él. Eran viejos conocidos y yo escuché las carcajadas de ambos cuando se encontraron. De un salto se encaramó la mona en brazos de Dios, le mostró las enormes encías rojas, y él la presentó a los arcángeles de la guardia, a los gorilas del séquito.

Cogido de pánico vi cuanto sucedía y quedé paralizado al pie del árbol. Con ojos de codicia y dedos ávidos, el amo de las esferas se puso a escarbar el corazón de las lechugas en busca de su punto de nieve; parecía relamerse ante los higos que rezumaban miel por las grietas y el fuego de las sandías abiertas le forzaba a tragar saliva de puro placer. No había motivo de queja. Las primeras cosechas que daba la tierra después del pecado original se hallaban en perfecto estado de revista, pero Dios vio el espantapájaros que había servido de señuelo. Quedó perplejo. Se rascó la nuca dudando. Y de modo inesperado soltó una maldición tan sonora que llenó el valle con cuatro ecos. Las serpientes metieron la cabeza debajo de las piedras y en sus nidos los alacranes levantaron la cola al oír el vozarrón de Dios que me llamaba a su presencia. Me arrastré con el vientre en tierra hasta su calcañar y él puso la bota de antílope en mi nuca y me forzó el rostro contra los abrojos. En esta postura ambos tuvimos la siguiente conversación:

—Te llamas Caín, hijo de Adán el degustador de manzanas, ¿no es eso?

—Sí, señor.

—¿Qué significa ese monigote?

—Nada, señor.

—No soy un estúpido. Conozco tu alma y sé que está abrasada por los deseos más infectos de felicidad. Has nacido con la cabeza muy gorda, muchacho. ¿Qué significa ese monigote? Responde.

—No puedo hablar.

—¿Ha sido cosa de tu madre? ¿Dónde está la maldita encantadora de serpientes?

—No puedo hablar, Dios mío.

—¿Por qué?

—Me está usted aplastando la nariz.

—Sospecho que ese espantajo soy yo mismo. ¿Estoy en lo cierto? Contesta. Te crees un artista.

—Sólo quería complacerte.

—¿Te burlas de mí?

—Si me quitara la inmensa bota de la cerviz trataría humildemente de explicarle este caso.

—Levántate.

—Gracias. Dios es muy amable.

—Habla ahora.

—Verá usted. Con el truco del espantapájaros sólo he intentado que su omnipotencia no entrara en competición con los gorriones. No sé si me entiende.

—No.

Mientras le explicaba el invento, Dios se rascaba el pescuezo. En efecto, no entendía nada. Yo le repetía una y otra vez que si colocaba el muñeco junto al ara los pájaros y alimañas lo tomarían por una figura real de la divinidad y huirían de la máscara.

—Esa confusión no me gusta —exclamó Dios.

—Es un juego de simulacros.

—No me gustan las ficciones.

—Tiene sus ventajas, señor —le dije.

—¿Ventajas para mí?

—Para los dos. Yo no perderé más el tiempo en vigilar los alimentos y usted podrá levantarse a la hora en que le venga en gana con la seguridad de que va a encontrar la ofrenda incólume.

—Piensas demasiado, jovencito.

—Entonces, ¿qué hago?

—Quema ese monigote —gritó el Señor.

—Es una obra de arte.

—Quémalo en seguida. Que yo lo vea.

—Dios mío.

—Que lo quemes he dicho. Has nacido con la cabeza muy gorda, Caín. Piensas demasiado. Aprende de tu hermano, que se limita a vivir con placidez y no investiga. Él me regala los mejores cabritillos. ¿Dónde está ahora ese infante de ojos serenos?

El pastorcito Abel, que tenía siete años dulces, bajaba por el terraplén detrás de un hatillo de cabras. Se acercó al gigante extraterrestre, el cual muy complacido y con las comisuras llenas de babilla lo acarició como un bujarrón. Dios presumía de haber creado el mundo y no obstante sentía celos de un muñeco de paja. No hacía sino recordarme que era el autor de mi alma y a pesar de eso temía mis pensamientos más precarios. Aquel día tuve que quemar la máscara para que hubiera paz entre los dos. Realicé un fuego y la arrojé a él. Dentro de las llamas vi resplandecer el fiero semblante de Dios, que era real en la ficción grabada por mí con una lasca de sílex y tallada con el puñal. Los rasgos del patrón comenzaron a crepitar y él mismo, los gorilas de la guardia, el pastorcito Abel, la mona y yo asistimos alrededor de la hoguera a la gran brasa que formó la madera de granado, y mientras Dios se golpeaba las sienes compulsivamente como un bebé furioso yo sentí una emoción de belleza que entonces no acerté a descifrar. Las cosas sólo se poseían a través de su imagen. Para crear a Dios no se necesitaba más que reproducirlo. Al mismo tiempo tuve una sensación de poder casi infinito, ya que el amo del universo se dejaba arrastrar por la ira a causa de mis actos. ¿Por qué un ser tan débil como yo tenía fuerza para excitarle tanto? ¿Podía una hormiga perpleja sacar a Dios de sus casillas? Estas preguntas me atormentaban. A partir de ellas comencé a imaginar que la bondad de Abel no era creativa. Sólo la maldad sería capaz de equipararme al creador del mundo.

En una época de mi adolescencia, estas visitas del amo se hicieron muy habituales. Cuando llegaba contento me cedía incluso su muñequera de piel de elefante y me desafiaba. Se quitaba la chaqueta de terciopelo y otras prendas y soltaba bravatas hasta quedar desnudo. A continuación, los dos hincábamos el codo en el ara del sacrificio, nos trincábamos bien la zarpa y comenzábamos a tirar con el antebrazo en sentido contrario. La mona se ponía siempre de parte de la divinidad y los gorilas de la escolta también, aunque no todos. Había un arcángel reticente, que nunca aplaudía al Señor. Los demás daban saltos a nuestro alrededor, acompañaban con risitas histéricas el resoplido de ambos e inevitablemente la apuesta terminaba con la victoria de Dios, el cual la remataba con una carcajada infantil de las suyas mientras era felicitado por todos, menos uno. La mona se le encaramaba al hombro para celebrarlo. Pero nuestras peleas eran risueñas. Nada tenían que ver con la sinceridad de un combate entre animales ni con la batalla que en mi niñez celebré con la pantera negra. Nosotros echábamos pulsos en el altar, disputábamos carreras de velocidad en la explanada y practicábamos boxeo frente al nido de ametralladoras sin ningún tipo de malicia, aunque Dios no disimulaba nunca la prisa en vencerme. Su pundonor de campeón carecía de límites. Era un púgil obstinado. Aprovechaba el primer hueco para tumbarme de un directo a la mandíbula, y aturdido en el polvo yo oía los aplausos de la mona y los vítores de los gorilas arcángeles; veía a Dios que, con el pecho de gallo sobre mí y una garganta llena de risa triunfal, me decía:

—Levántate, rey de la creación.

—No puedo más.

—Aprende a batirte como un hombre.

—Me rindo.

—Vamos. Otra vez. En guardia.

—¡Qué pesado eres, majestad! —murmuraba yo con la lengua llena de arena.

—La vida aún te va a golpear más duro. ¿Lo sabías?

—Eres grande.

—Así me gusta. Arriba.

Yo me ponía en pie de nuevo, me apalancaba bien y comenzaba a golpear el torso desnudo del creador o trataba de conectarle un gancho en el hígado inútilmente. Él amagaba con estilo, se fajaba de forma correosa o danzaba con un magnífico juego de piernas y cuando le venía en gana me volvía a tumbar de un mazazo. Aquellas justas levantaban una polvareda en el desierto. Dios terminaba alegre y sudado. Luego metía la nuca bajo el caño del manantial que regaba la pequeña huerta y una vez duchado se vestía los arreos de terciopelo con la melena goteando todavía y se acercaba al altar del sacrificio donde le esperaban las ofrendas que yo le había preparado. Dios elegía lo mejor. Picoteaba de aquí y de allá. Se zampaba algunos higos, devoraba una calabaza entera y se comía una lechuga o dos rumiando las hojas una a una con la mirada bovina puesta en un punto inconcreto del horizonte. Si estaba de buen talante se repantigaba contra la pared de la casamata, cogía la mona en brazos y hablaba sin parar. Al parecer tenía grandes proyectos sobre este mundo para el día de mañana. Se aburría en la inmensa soledad de las galaxias hechas de piedra pómez y quería montar un circo. Había elegido este planeta y la cosa ya comenzaba a marchar. Yo mismo iba a tener un papel estelar en este fregado. Dios se diluía en palabras amorosas y en promesas de felicidad si se sentía bien comido, pero bastaba que los gorriones le hubieran precedido en el banquete cercenando algunas brevas para que el creador montara en cólera. Entonces su gula era similar a su ira y lanzaba maldiciones muy agudas, repartía amenazas contra la esencia de las cosas y nadie se veía seguro a su lado. Yo he oído blasfemar a Dios por unas miserables cebollas en mal estado. ¿Acaso esto no es privilegio? ¿Cuánta gente podría decir eso mismo en Nueva York? Resonaba en mi conciencia el terrible alarido del patrón y luego se multiplicaba por barrancos y quebradas hasta perderse en la extensión de las dunas ayudado por el silencio virginal que allí reinaba. No lo he olvidado todavía.

Ahora está amaneciendo. Una luz sucia ha comenzado a vibrar en el cristal de la ventana y los sonidos de la ciudad que despierta se van haciendo sólidos lentamente. Oigo el ruido de la ducha en la habitación de al lado, la descarga de un retrete, las gárgaras o la tos violenta del vecino y en el pasillo del hotel cierra la puerta alguien que se va. El rumor del tráfico en el asfalto crece dentro de mí y en este momento acabo de tumbar la botella de whisky después de una noche en blanco e incluso puede que esté un poco borracho. Bajo el peso del alcohol abandono la adolescencia y miro el calendario de la agenda. Octubre 18 de 1985. Cie-

rro los ojos y en la cavidad luminosa de los párpados descubro una gruta acuática donde na-
vego como una carpa sorteando a ciegas una
red de algas viscosas. Las paredes de esa bolsa
son de carne y en ellas hay escritos signos magnéticos o fosforescentes, que parecen fortuitos.
Cambian de forma según fluctúa el líquido que
me sustenta, pero entre esos caracteres brilla
intensamente un cero rojo. Dentro de ese útero
que es dulce en extremo percibo vibraciones
musicales cuando con una aleta o escama rozo
las cuerdas de un arpa submarina. El cero sirve
de puerta. Para salir a la intemperie meto la
nuez moscada del cerebro y me deslizo con suavidad por el interior de ese círculo o cero rojo
que llevo en la frente y en seguida me sorpren-
de la luz del sol. De pronto me encuentro otra
vez sentado en el polvo del desierto o en una
butaca raída como rey saxofonista de Manhattan. Había niebla esta mañana y en medio de
un concierto de sirenas de la policía bajé a la
calle a comprar los periódicos. Llevaba los ojos
como fresas al final del insomnio. En el vestíbulo del Hotel Chelsea, el conserje me saludó
con la cordialidad de costumbre aunque esta
vez acompañó la leve reverencia con un guiño
de complicidad.
—Enhorabuena. Va usted a ser famoso —me
dijo.
—Gracias.
—Sabía que tenía usted talento. Se veía venir.
—Gracias. ¿De qué se trata?
—Lea los periódicos. Le felicito.

Mi rostro no estaba todavía en las paredes de la ciudad ni tampoco adornaba los papeles pero toda la prensa del día daba la noticia del crimen en primera página: Abel ha sido asesinado. Perece un bailarín de cuatro puñaladas en el rodaje de una película. Venganza fratricida en el Este del Edén. El cadáver incorrupto de Abel ha sido hallado en el litoral del Mar Muerto. Abel muere en el bombardeo de Jericó. El asesino Caín está en Nueva York.

Cada periódico daba una información distinta. El *Washington Post* decía que en una cueva de Qumrán, cerca de las ruinas de un poblado esenio, en la orilla occidental del Mar Muerto, acababa de ser descubierto el fiambre más célebre de la historia. Pertenecía a alguien que había sido navajeado mortalmente hace miles de años. Sometido a la prueba del carbono 14 había dado un resultado positivo: los hechos sucedieron en tiempos del Génesis. En un laboratorio de Jerusalén se le había practicado la autopsia a la insigne momia y los investigadores hebreos quedaron desconcertados al descubrir la evidencia del asesino en el intestino sacro del muerto. El puñal que había acabado con la vida de aquel hombre llevaba grabada en la hoja una inicial, un signo o una palabra en arameo antiguo que respondía al nombre de Caín. Este vocablo había quedado inscrito de forma milenaria en las vísceras del cadáver como una prueba pericial. El asesino estaba en Nueva York y se sabía que era saxofonista.

En cambio, *The Village Voice* fechaba el suceso en París y todo había ocurrido en el ambiente nocturno de los jardines del Trocadero como un ajuste de cuentas entre homosexuales. Un bellísimo chapero llamado Abel había sido ultimado con una quijada de asno, si bien fuentes no confirmadas atribuían el crimen a un asunto de drogas o a una reyerta de fanáticos musulmanes que habían efectuado venganza en un neófito escapado de El Cairo con una fórmula de pócimas secretas con el ámbar gris. Inevitablemente el asesino se llamaba Caín.

Para el *New York Times,* la víctima era un bailarín que fue ejecutado durante el rodaje de una película. En la estación del suburbano de la calle 42, Abel aún palpitaba cuando llegaron los guardias. Según testimonio de los ciudadanos que presenciaron el hecho, la escena parecía un montaje o decorado de un film de tipo esteticista. Una multitud de pasajeros reales aunque de baja calaña ocupaba los pasillos y parte del andén donde se había montado el equipo de iluminación. Focos y cineastas, técnicos y artistas melenudos con aparatos y maquilladoras hacían los preparativos para una acción que debía ocurrir en el metro de Nueva York, si bien se trataba de la ficción de una historia sagrada. Algunos negros en los túneles vendían papelinas de jaco, rayas de coca, chocolate y esos turrones que hacen estallar el cerebro. Por allí campaban algunos patriarcas o figuras del Antiguo Testamento, figuras bíblicas desnudas. El director reclamó silencio. Luego dijo: motor. Finalmente gritó: acción. El

49

protagonista era Abel. Entró en campo rodeado de ovejas mecánicas que se pusieron en círculo, dentro del cual comenzó el actor a bailar una danza quebrada de cariz moderno. Iba con una solitaria piel de raposa que le servía de taparrabos. En medio del acto llegó un tren a la estación y al abrirse las puertas automáticas cayó sobre el andén una avalancha de morralla. Hubo que repetir la escena varias veces. Corten. Corten. Siempre había que comenzar de nuevo, pero, según los testigos, en esta ocasión todo salía rodado. Abel bailaba, las ovejas le miraban y un convoy con ojos de búho apareció en la oscuridad del subterráneo. Se detuvo delante de la escena, se abrieron los vagones y de uno de ellos emergió un sujeto con calma estudiada, se acercó al bailarín con un puñal grabado, se abatió sobre él y le incrustó el acero dorado en el corazón. El nombre de Caín también se descubrió durante la autopsia inscrito en el ventrículo izquierdo. El asesino desapareció en el mismo tren que lo trajo al rodaje y todo sucedió como en la ficción de cine, aunque tirado en el andén ahora había un cadáver real y muchos ciudadanos, incluidos los compañeros de reparto, oyeron que antes de expirar la víctima había pronunciado unas palabras misteriosas referidas a un hermano.

—Ha dicho algo acerca de una vasija de Qumrán.

—He oído que aludía al Mar Muerto.

—No ha hablado.

—Ha pronunciado el nombre de su hermano.

—¿Caín?

—Así es.

Cuando llegó la policía, el cuerpo de Abel aún palpitaba y en un punto todos los testigos coincidían. El asesino era un sujeto de ojos verdes y rasgos árabes, de un metro ochenta de altura aproximadamente, con perilla de Alí Babá, pelo rizado y con un cero rojo marcado en la frente. Entre todas las versiones ésta parecía la más acreditada.

Los periódicos de habla hispana daban una explicación más familiar del caso. Uno de ellos titulaba así la noticia: Carnicería en el Este del Edén. El escueto telegrama de agencia decía que una prostituta llamada Eva contempló en la puerta del cabaret donde trabajaba cómo su hijo Abel era asesinado por su hermano, de profesión saxofonista. Otro diario refería la reyerta a una cuestión de herencia: una bolsa de cuero llena de esmeraldas, rubíes y diamantes ensangrentados, que formaba un tesoro bíblico, había desencadenado el crimen.

Yo leía todo esto en la cafetería donde trabaja de camarera mi amiga Helen y mientras la culpabilidad me inundaba como un dulce veneno tomaba un vaso de leche con unas tartitas de crema y sirope. Tal vez el pecado olía a margarina caliente. Pensé en ir a una tienda a comprar un esparadrapo para cubrirme esta marca que llevo entre las cejas. Pero la negrita Helen se acercó a mi mesa y abrió la boca más que de costumbre. Venía orgullosa. Me dio con el codo.

—Esta mañana algunos clientes han hablado de ti.

—¿Qué decían?

—No sé. Te admiraban por algo.

—Eres un encanto.

—Llévame esta noche al club. Te amo.

—Esos clientes decían que has matado a alguien.

—¿Eran policías?

—Parecía gente de teatro. Creo que llegarás muy lejos.

—Adoro tu culo, cariño.

—Cálmate. ¿Se te ha subido ya la gloria a la cabeza, pequeño asesino?

—Te recogeré a las siete.

Volví al hotel y en el suelo de la habitación la radio cantaba, entre botellas vacías y papeles amarillos, una melodía de Sinatra. Dejé enchufada la televisión sin sonido y me metí en la cama a navegar la mañana en un duermevela en el que fluían anuncios de flanes, viejas canciones románticas y sirenas de policía o ambulancia. ¡Oh, mi querido Abel! ¿Te acuerdas de aquel día en que nuestros rostros se reflejaron juntos en el estanque? Debo confesar que yo estaba enamorado de mi hermano, aunque la primera experiencia sexual la tuve con la mona o tal vez con Eva. A las dos el celo les duraba seis días, el mismo tiempo que Dios invirtió en la creación del mundo. La mona paseaba el período por el oasis con el trasero gloriosamente inflamado, y entonces me obligaba a imaginar juegos impúdicos con ella bajo las palmeras y en ocasiones incluso uníamos las risas y las carnes; pero recuerdo también ciertas noches turbias con mi madre, cuando los latidos de su vientre eran idénticos a los que daba la tierra y yo me amparaba en el calor de sus muslos para soñar mientras ella, con manos dulces, recorría todo mi cuerpo y se detenía en los recodos calientes hasta hacerme gemir palabras que ocultaban deseos inconfesables. Sin embargo, nunca obtuve de mis entrañas un temblor tan delicado como aquella tarde en que Abel se hallaba a mi lado a orillas de la fuente. Él tenía diez años, tal vez, y el sol declinaba por la parte de las dunas vistiéndolas de naranja. Los ojos azules de mi hermano y su piel de caoba habían comenzado a perturbarme. Estábamos debajo de un granado, al borde del estanque, y nuestros rostros quedaban inmersos e inmóviles en el fondo del agua. Se produjo un instante de perfección. El aire virginal, el silencio petrificado y la luz, matizada con un tono de malva dorada, nos envolvieron en un pequeño éxtasis por un momento. Excitado y paralizado, me encontraba contemplando en el seno del aljibe nuestros cuerpos y el corazón me daba golpes furiosos. Entonces Abel arrojó una piedra y nuestra imagen sumergida se puso a trazar círculos, a entrelazarse confusamente, a ejecutar un ejercicio de amor en el alveolo de la ciénaga. Al pie del granado quise abrazarlo para que todo fuera reflejo o imitación del agua pero mi hermano salió corriendo y riendo por el talud que circundaba el oasis y, camino de las dunas, se perdió aquella tarde. Yo sabía cómo encontrarlo. Fui por un atajo y bordeé el filo de una trocha hacia el lugar preferido por Abel: una gruta llena de adelfas que en tiempos remotos sin duda había sido un manantial. Pero allí no estaba. Seguí por el cauce del mismo barranco y me adentré varias leguas en el desierto hasta perderme en su busca, y cuando el sol había caído ya a ras de la arena y la oscuridad iba a llegar, sin la esperanza de hallarlo, oí a mi espalda que Abel me llamaba desde muy lejos y yo veía su silueta perfilada en el crepúsculo. Agitaba los brazos en lo alto de un cerro de cal, subido a una especie de torre vigía que dominaba una inmensa llanura muerta. Corrí jadeante hacia él con una mezcla de placer y de angustia y al acercarme descubrí que me recibía blandiendo en el aire una quijada de asno. En aquella fortificación había huesos de todas clases, unos macutos verdes casi podridos que contenían peines de balas, y la luz también entraba lateralmente por unas aspilleras oblicuas que ahora filtraban láminas de claridad hasta dejar todo el recinto en una suspensión de color de pan inflamado. Esta fortaleza era el reino desconocido de mi hermano. Lo había descubierto durante sus correrías de pastor y lo había mantenido en secreto.

—Hay muchos seres que han pasado por aquí —dijo al verme tan impresionado.

—¿Estos huesos son humanos?

—Algunos —contestó.

—¿De qué será esta calavera?

—Es de jabalí.

—¿Y ésa?

—De gineta.

—Me gusta esa que has colgado en la pared. Parece que está riendo.

—Es de hombre. O de mono. Le faltan siete dientes.

—¿Dónde la encontraste?

—En la otra parte del monte.

Yo no sabía que Abel, a una edad tan tierna, era ya un gran especialista en esqueletos. Coleccionaba sólo ejemplares únicos de cualquier índole. Los recogía en sus rutas de pastoreo, los llevaba al torreón transformado en museo y allí los clasificaba según formas y tamaños. También almacenaba objetos raros que le excitaran la imaginación. De cara al sol poniente, sentados en las gradas de aquella fortaleza de hormigón, Abel me mostraba algunos proyectiles oxidados, correajes carcomidos, cartucheras corrompidas junto con la última adquisición de aquella tarde. Huyendo de mi amor, cuando nuestras figuras se abrazaron en el fondo del estanque, mi hermano vino a refugiarse en este fortín y durante el trayecto halló este hueso que le faltaba en la colección.

—Esto es una quijada de asno, Caín.

—¿De veras?

—Te lo juro. La conozco bien —me dijo.

Ambos iniciamos un juego. Él no quería soltarla y yo, tirando de aquella mandíbula pelada, atraje el cuerpo de Abel hacia el mío, lo rodeé con un brazo y mientras se dejaba acariciar le dije al oído las palabras más dulces que me inspiró el deseo, y el crepúsculo nos doraba y nos hacía estremecer, y en medio de aquel silencio donde sonaban chasquidos de labios el niño de ojos azules extrajo de mis entrañas una húmeda flor de jara. De pronto supe que la existencia tenía sentido: en adelante todo mi ejercicio iba a consistir en complacer a ese zagal de caoba. El mundo cada día volvería a crearse a partir de una de aquellas sonrisas que iluminaba mi existencia. Después de entretener el amor con mi hermano improvisé una lenta melodía con una caña, y aún hoy mismo aquel motivo musical constituye mi mayor éxito con el saxofón. Yo tañía la alegre zampoña y Abel, con dedos de rosa, sobaba la quijada de asno y miraba hacia el infinito. Hinchada la carne levemente por el placer todo era amable en el desierto. Debajo de cada piedra había un alacrán, la tierra fulminada estaba llena de serpientes venenosas, pero el licor espeso que corría por mis venas forzaba a olvidar las cosas y sólo exaltaba la obligación de entregarse a otra carne adorada.

—Regálame la quijada de asno.

—Tómala —dijo Abel.

—Con ella quiero hacer una obra maestra.

—Dime qué.

—Un talismán para ti.

—¿Me dará suerte?

—Prométeme que lo llevarás siempre.

—Lo haré.

Con el puñal comencé a esculpir en la quijada de asno un amuleto en forma de falo, lo traspasé con una fibra de cactus, lo dejé colgado del cuello de Abel aquella tarde y desde entonces se balanceó entre sus tetillas de nácar durante muchos años, y a veces el sol lo hacía brillar contra su pecho desnudo. Fue la primera jornada de pasión que obtuve de mi hermano. Hubo un tiempo en que ambos corríamos a refugiar nuestro amor en aquel torreón cuando la luz declinaba. Abel había pasado el día pastoreando el ganado y yo, en esa época, apenas cuidaba ya la huerta. Me dedicaba de lleno a las artes. Contemplaba la naturaleza, escuchaba el canto de las aves y luego, me servía del puñal o de la flauta e interpretaba las formas y los sonidos, pero al atardecer huía de todo y para mí no había escultura como el cuerpo tembloroso de Abel ni música como sus dulces gemidos cuando estaba con la cabeza reclinada en mi hombro y con su mano en mi vientre, en el interior del secreto torreón donde guardaba huesos de animales y residuos de hierros y correajes corrompidos. En una pared, Abel había colgado la mejor pieza de su colección. La calavera de hombre o de mono reía de manera imperturbable con una carcajada a la que le faltaban siete dientes. Mi hermano se sorprendió mucho cuando saqué aquellas siete piezas de oro que siempre llevaba conmigo y las fui engarzando con toda exactitud en los alveolos del maxilar. La calavera tomó una expresión de lujo. La muerte comenzó a echar destellos del metal más preciado.

Durante la mañana, en el suelo de mi habitación del hotel, la radio pronunció otra vez mi nombre. Lo oí en las entretelas del sueño y también me pareció ver en la pantalla de la televisión sin voz una imagen fija de mi rostro en medio de dos anuncios de flanes. Abel, el bailarín, figura de Broadway, rey absoluto de los maricones de Nueva York, ha sido asesinado. Señora ama de casa, ¿le gustaría ganar diez mil dólares con sólo abrir un paquete? Compre estas mazorcas de maíz híbrido y el mundo será suyo. En efecto, el cadáver del divo de la danza fue levantado por los guardias cuando palpitaba todavía en el andén de la estación del suburbano. El asesino ha huido en el mismo vagón del que se apeó para ejecutar el crimen en una acción fugaz, luminosa. Se llama Caín. Elegir un buen tabaco es importante para disfrutar. Royal Crown. Bajo en nicotina y alquitrán, con todo el sabor auténticamente inglés. Y ahora escuchen la vieja melodía... En la fétida penumbra que envolvía mi cerebro sonó una melodía de entreguerras, aquellos plateados instrumentos de Glenn Miller que luego ilustraron tantas bombas, ahora sincopados sus trombones por lejanas sirenas de policía, por los movimientos de la pantalla del televisor, donde se sucedían concursos, sopas preparadas, coches del año, héroes del béisbol, reclamos de abuelitas sonrientes, avances de espectáculos de salas de fiesta para la noche del sábado, bebés supervitaminizados que iban a gatas dentro de un especial modelo de pijama resistente a la corrosión de la orina infantil, barricadas de vi-

taminas y compresas, políticos con peluquín...
Los largos, evanescentes instrumentos de
Glenn Miller y, de repente: ¡la imagen fija de
mi rostro! Tal vez el locutor hablaba en la espalda de la foto, pero yo no oía nada. En seguida salía también en pantalla el retrato de mi
querido y asesinado hermano. Sin duda era él.
Aún conservaba aquellos envenenados ojos que
tanto placer me proporcionaron. ¿Recuerdas,
Abel, aquel día en que vimos pasar por el horizonte del desierto una formación de hombres
azules que conducían una caravana de camellos cargados? ¿O era de elefantes blancos? Eva
había contado tantas veces esta aparición sin
fruto alguno que tú ya no la creías. Sucedió
cuando el sol doblaba y el calor de una jornada
cruel había evaporado en el fondo de la mirada
un polvo de arena finísima que era la propia luz
del alma. Eva estaba confeccionando un collar
con huesos de dátiles y, alertada por un gruñido especial de la mona, tuvo un presenti-
miento, se puso en pie y fijó los ojos en el punto
exacto del espacio. Comenzó a gritar.
    —¡Están pasando! ¡Están pasando! ¡Mirad!
    —Es cierto. Van por allí.
    —¡Son ellos! ¡Son ellos!
    —¡Eh! ¡Eh!
    —Grita más, Caín.
    —No me oyen.
    —Grita mucho más.
    —¡Eh! ¡Eh, reyes del desierto!
    —Tal vez te oyen en el interior de sus entra-
ñas.

—Venid.

Pero la distancia que nos separaba de aquella majestuosa caravana parecía inalcanzable no sólo para la voz sino también para el deseo. La formación iba lenta, casi fluctuante en el vaho de polvo de oro, y se componía de doce camellos o elefantes, blancos o escarlata, cubiertos de gualdrapas que espejeaban de bordados. Eva tenía la imaginación caliente. Creía que aquella lumbre que echaban se debía a cargamentos de piedras preciosas transportados a viva luz. En el talud que circundaba el oasis, Eva nos recogió a Abel y a mí contra su cadera y nos prometió con una mirada perdida:

—Un día no lejano dejaréis el desierto y siguiendo el mismo camino del sol una de esas caravanas de hombres azules os llevará al oeste. Allí, en la orilla de un mar, crecen ciudades con murallas donde bulle el comercio del lino y de la madera de cedro perfumado, que en naves pintadas de rojo el viento amable conduce a lejanos puertos. Hablaréis nuevas lenguas y algunas palabras idénticas tendrán distintos significados que os obligarán a sacar el cuchillo. Tú, Caín, harás sonar la flauta para alegrar festines de príncipes que son mercaderes. Y tú, Abel, danzarás al pie de las gradas de otros altares que han sido levantados a dioses dispares e igualmente crueles. Yo me quedaré en el desierto. Algún día, la memoria que os reste de mí en vuestra mente será confundida por una honda visión de arena.

De repente, el teléfono comenzó a sonar esta

mañana y todos los amigos e incluso algún desconocido no cesaron de repetir la misma cosa.

—Acabo de verte en televisión.

—Sí, sí.

—Han dicho algo terrible de ti.

—No sé. ¿Qué han dicho?

—Enhorabuena de todas formas.

—Gracias.

—¿Es cierto que lo has matado?

—Tal vez.

En realidad, esta mañana ha llamado todo el
mundo menos la policía. Helen ha mandado
una pizza y media docena de rosas amarillas, y
desde el club me han advertido que unos periodistas desean hacerme algunas preguntas. Dios
mío, yo no he matado a nadie. ¿Por qué alguien
se ha empeñado en convertirme en un héroe?
Qué dulce el sabor de la culpa cuando uno es
inocente. Ésa ha sido la herencia que mi padre
me dejó: el placer de sentirse exaltado al castigo. De hecho, tengo que reconocer que mi mejor inspiración musical nace de ese poso de pecado. O, tal vez, de la conciencia de que un día
volveré a ser puro. Nunca he tocado mejor que
anoche, nunca he exorbitado los sentidos con
tanta precisión, nunca mi alma ha traspasado
el metal del saxo con tanta espiritualidad. La
sala estaba llena de córneas en la oscuridad y
entre ellas las de Helen eran las más blancas.
Los del cuarteto fueron los primeros en aplau-
dirme, de pie en la tarima, antes de iniciar la
sesión; y el público me recibió cariñosamente
aunque muchos en la sala aún ignoraban que

iban a ser deleitados por un asesino. Primero quise interpretar *Blues for Helen*. Sabía que con ello abriría el corazón de mi chica esa madrugada en la cama, y luego hice sonar *Prisoner of Love*, una melodía que traía elaborada desde la adolescencia, silbada o recreada mil veces con el filo de una hoja en el desierto. La lengua de fuego que yo exprimía de la madera culebreaba por todos los vientres del recinto, atravesaba el murmullo de la clientela, el campanilleo del hielo contra los cristales de licor. El saxo gemía dentro de la bruma de alcohol y mientras ejecutaba ese lamento recordé la forma en que el paraíso perdido se reveló ante mis ojos. La promesa de mi madre se había cumplido. Un día, aquella caravana de hombres azules acertó a pasar muy cerca del oasis donde estuvo un tiempo detenida a causa de una tormenta de arena. La guiaba un príncipe negro, de grandes labios morados cuya piel tenía una transparencia azulada. Se llamaba Elfi. Su rostro era distinguido y su porte expandía un aura de majestad aunque llevaba el turbante y la capa cubierta de polvo, el cual no lograba ocultar el color escarlata de sus vestiduras. A su servicio iban camelleros, porteadores, dragomanes, expertos en tratos y algunas mujeres de extraña belleza. Entre todos hacían el número de ciento diez. Mi madre pidió al príncipe negro que me tomara consigo después de haber comprobado mis gracias.

—¿Cómo te llamas?

—Caín.

—¿Qué sabrías hacer para complacerme?

—Es un héroe con el puñal, alteza —exclamó mi madre.

—Dejad que hable él —dijo el príncipe.

—Soy experto en semillas y venenos de áspid. También sé tallar máscaras, señor. Y en cualquier desafío con tigres o panteras siempre he salido indemne. Amo la belleza.

—¿A qué clase de dios adoras?

—Al dios inmediato.

—¿Quién es?

—El propio terror o arrojo que uno lleva dentro. Dios es nuestra ignorancia.

—Sabes mucho y aún eres adolescente. ¿Quién te ha enseñado esas cosas?

—El desierto. La soledad tal vez.

—Quédate a mi lado ahora.

Mi madre le estaba ofreciendo al príncipe negro una torta de dátiles, queso de cabra y mosto de granada. Él se veía complacido y me acariciaba la frente con las yemas de los dedos, que parecían pétalos de rosa.

—¿Qué significa esa señal que llevas entre las cejas?

—Lo ignoro, señor.

—¿No lo sabe tu madre?

—No, alteza —exclamó Eva—. Sin duda es la marca sagrada que traen los predestinados. No lo sé.

—El cero es un signo que todos entienden. Pero tú, muchacho, ¿en qué lengua te expresas?

—Me expreso con la música.

—Quisiera comprobarlo.

—Complace al príncipe como mejor sepas —dijo mi madre—. Lleva doce camellos cargados de presentes. Anda, Caín, toca algo en su honor.

La caravana estaba acampada, los camellos rumiaban el último sol de la tarde, los perfumes del oasis formaban una densa capa en el aire. Los criados encendieron hogueras. Con la zampoña que fabriqué con una caña dulce extraje para el príncipe Elfi esa melodía que después he recreado en tantos festines hasta convertirla en el motivo de *Prisoner of Love*, que anoche sonó de nuevo exquisitamente en el Club de Jazz. La boquilla del saxofón parecía traslúcida y mientras su lengua de fuego culebreaba por todos los vientres yo veía el oasis iluminado por varios fuegos y al príncipe reclinado en el tronco de la palmera principal. Las bailarinas del séquito, cuyos ojos eran verdes y su carne de ébano, en la orilla del estanque iniciaron una danza y mi melodía iba conduciendo sus caderas en el aire. Abel comenzó a bailar en esa ocasión. Lo recuerdo muy bien. Arrodillada a sus pies, mi madre servía nuevos cuencos de mosto al príncipe.

—¿Hacia dónde vais, señor?

—Vamos siguiendo el camino del sol.

—Llevaos con vos a mi hijo. Siempre ha soñado con las ciudades que crecen allá.

—Así es. En el arco de la Media Luna Fértil se levantan ciudades poderosas. Veo que lo sabes. ¿Puedes decirme tu nombre?

—Eva.

—¿Eva? Todo el mundo habla de una mujer que se llamó Eva. En cierta ocasión jugó con una serpiente y luego se perdió en el desierto. Sucedió en otro tiempo.

—Llevaos con vos a mi hijo.

—Vamos hacia Biblos. Luego llegaremos a Jaffa. ¿Habéis soñado alguna vez con esas regiones donde imperan dioses de arcilla de inflamados sexos?

—He soñado con la libertad, señor.

—Me llevaré a Caín. Y también quiero a ese pequeño bailarín. ¿Se llama Abel? Lo llevaré igualmente conmigo hasta dejar a ambos junto al mar —dijo el príncipe Elfi.

Mi primer oficio en la expedición consistió sólo en tocar la flauta y un dragomán pronto me enseñó a interpretar las estrellas. ¿Existe alguien que ignore todavía que el firmamento tiene una música secreta? Se puede reproducir el canto de las aves, el grito de las fieras, el sonido del viento o incluso la vibración del silencio, pero hay de noche en el cielo estrellado una armonía que sólo es algebraica o mental. ¿Serás capaz algún día de adivinar la llamarada de leche que brota de la oscuridad de las esferas? ¿Acertarás a descubrir ese fondo negro que expele el sol al mediodía en el desierto? Estas cosas me decía el dragomán encargado de preparar recepciones con otros príncipes de la Media Luna Fértil, que era el espacio del comercio por donde discurría la caravana. Las constelaciones comenzaron a sonar en mi corazón de artista y de esta forma Abel y yo nos unimos a aquella mesnada de trujimanes en calidad de efebos virtuosos en la música y en la danza, y nuestro ejercicio era la propia voluntad de aquel esbelto príncipe que nos iba a conducir por las rutas del mundo civilizado. Eva deseó quedarse en el oasis pero la mona babuina se vino con nosotros y en seguida se hizo graciosa entre la tropa de mercaderes. Partimos al día siguiente y yo llevaba en una bolsa secreta, bajo la tela de lino o la piel de zorro, el tesoro de la familia, las joyas sacadas clandestinamente del paraíso y los siete dientes de oro extraídos de la boca de mi padre. ¿Llegaríamos alguna vez al país de Hevilat? En la voz de aquellos expedicionarios sonaban nombres famosos, ecos de lugares legendarios: la ciudad sumeria de Ur, la gran Babilonia de Mesopotamia y, subiendo hacia las fuentes del Éufrates y del Tigris, en la parte occidental, la tierra de Canaán. Esa región era el destino de nuestra caravana y allí había pueblos que excedían toda clase de sueño o esperanza de aventuras. Biblos. Jericó. Jaffa. Jerusalén. Murallas color canela.

Los aplausos llenaron sinceramente la sala cuando acabó de sonar este blues, *Prisoner of Love*, y secándose las lágrimas vino Helen a darme un beso en la nuca, donde me anida el sentido de la culpa. Oh, negrita mía. Amo tus nalgas de almendra, tus ojos de cierva, tu boca de playa, tu oscura alma de niña. Por la mañana sirves huevos fritos con jamón, avena y tortitas con sirope a oficinistas de párpados hinchados; luego haces volar pizzas y hamburguesas por encima de secretarias y ejecutivos; finalmente, de noche, corres a poner el tigre de tu sexo bajo mi vientre. Gracias, muchas gracias, queridos amigos. Yo sudaba en la tarima con el metal brillando en mis manos y los aplausos seguían. Gracias, muchas gracias. En la mesa de Helen, entre el público, eché un trago y en seguida se acercaron unos chicos de la prensa que trabajan para *The Village Voice*, periodista y fotógrafo, dos tipos de buena catadura e impacientes por ser inmortales durante un solo día. Querían una entrevista, no sé, o tal vez un reportaje sobre mi vida según fuera el interés del caso. Abel ha sido asesinado, ¿no es eso? Era tu hermano. ¿Qué sensación da ser el criminal más famoso de la historia? Sólo soy el más célebre por ser el primero. No existe dicha más refinada que sentirse adorado en la maldad. Todos en la sala me sonreían, yo me había vaciado los sentidos a través del saxo, mi hermano me había envenenado de placer la memoria y en virtud de eso lo había acuchillado para siempre. Qué profundo sabor a miel. Estáis viendo a Dios. Y ahora oídme bien, magnífico par de idiotas, ¿acaso no os podríais ir al infierno? El diablo os lleve. La paz sea con vosotros.

Camino del hotel, en la calle 23, Helen y yo sorprendimos de nuevo a los hombres rata recién salidos de la alcantarilla. Acompañaron nuestro paso con una mirada de gelatina y después volvieron a hozar en la basura. Un corro de mendigos se calentaba en el vestíbulo del

Chelsea y al saltar entre ellos algunos nos saludaron con el sombrero. Luego, en la habitación, hice el amor con Helen y una vez más salí victorioso, aunque inexplicablemente esta vez todo transcurrió con una suavidad milagrosa: lentas caricias, largos trayectos por el cuerpo, hondos suspiros, interludios de palabras equívocas, algún crujido de garganta, los dedos rezumados y la cabalgada final en silencio hasta la fundición de las sienes. En esta ocasión, Helen me felicitó.

—Has mejorado con el crimen. Te has hecho más sensitivo.

—Ha sido el magnesio, encanto.

—¿Te excita tomar vitaminas? ¿Te has convertido en un coleccionista de vitaminas por eso? Oh, mi pequeño filete miñón.

Soy un adicto a las vitaminas y minerales porque temo que Helen un día me exprima la médula espinal con las ventosas de su vagina. Por regla general, nuestro amor es una batalla campal, una refriega tormentosa, pero anoche, de forma inesperada, trabajé su carne negra con un suave bordado. ¿Será que la culpa del heroísmo te convierte en un romántico? ¿Quieres, hermosa mía, que ahora te hable del paraíso? Entonces abre las piernas con la máxima dulzura.

En aquella caravana, querida Helen, se quemaba incienso en las acampadas nocturnas y las jaimas eran rojas y azules. Abel iba a mi cuidado y tal vez estuvimos un año acarreando especias, piedras preciosas, dorados metales y semillas distintas para la agricultura que ya había nacido, pero no habíamos visto todavía una ciudad. En ciertos cruces de ruta, en el desierto, salían a nuestro encuentro enviados de algunos pueblos trashumantes y hacíamos intercambios con ellos. La Media Luna Fértil arranca del Golfo Pérsico, sube como un alfanje curvo por el territorio de los grandes ríos hasta alcanzar la región de Mitanni, comienza a doblar por el país de los hititas y encuentra el mar en la legendaria Biblos, la de los perfumados cedros. Yo creía que las ciudades de nombres sonoros sólo existían en la imaginación. El resto no era sino el reino de las dunas, el imperio de los lagartos. He aquí cómo encontré el paraíso perdido.

Todo sucedió de un modo accidental, muy rudimentario. Al final de unas duras jornadas de travesía bajo el sol terrible, la caravana iba bordeando una hoya calcinada, de paredes violentas, donde se levantaban torreones de barro deslumbrado por la sequía. Más allá se extendía una campa desolada que había que salvar para acceder a una hipotética serranía que aún no estaba en el horizonte. No se divisaba una sombra, un punto oscuro, en aquella extensión de tierra abrasada. Cruzar semejante llanura envueltos en un fuego de cal constituía un reto para el príncipe Elfi, pero entonces, milagrosamente, apareció un coyote que nos sirvió de guía. La arena hervía en nuestros pies. No se adivinaba el más tenue soplo de vida. Adentrados en el laberinto, de pronto descubrí un paredón en la lejanía. Fui el primero que lo vio desde lo alto de un camello aunque a mis gritos de entusiasmo no respondió nadie.

—Eh, mirad aquello —dije—. Parece un fuerte. Sin duda debe de haber alguien allí.

—Nada de eso, muchacho —contestó un dragomán.

—¿Por qué?

—¿Acaso no lo sabes? ¿Te has criado en este desierto y no lo sabes?

—Cálmate, querido jovencito —exclamó el príncipe.

—Estoy calmado, señor.

—Esa tapia que ves allá enfrente no es sino el paraíso abandonado.

—¿Qué paraíso?

La mona había comenzado a ponerse nerviosa y su risa excedía toda medida, hasta tal punto que el estado de mi compañera alarmó a parte de la expedición. Nunca la había visto tan excitada, aunque la tapia estaba muy lejos todavía y apenas se divisaba en el fondo de los ojos.

—¿Has oído hablar alguna vez del paraíso terrenal?

—Señor, no he oído hablar de otra cosa en toda mi vida. Mis padres nacieron ahí.

—¿Bromeas?

—Ésa es la historia que me contaron.

Nadie en la caravana parecía darle importancia a un lugar que había sido materia de mis sueños desde la niñez. La ruta del comercio pasaba por el linde de aquel paredón, miles de camellos habían dormitado a su sombra en un alto en la travesía y la costumbre ya había ahorrado la obligación de hacer comentarios. En esta ocasión, sólo la mona y yo nos hallábamos fuera de sí.

—Se trata de un inmenso corralón sin importancia. Todo está en un punto de ruina —dijo el príncipe.

—¿Cómo es posible? He soñado infinitas noches con un perfume de miel que llenaba este espacio.

—Has soñado inútilmente, jovencito. Dentro no hay nada. El secreto sólo está en la pared.

Mientras la caravana se acercaba al fuerte, el primer dragomán del príncipe me contó que la tapia del paraíso trazaba un círculo hermético, sin puerta alguna, en medio del desierto y el tiempo que se tardaba en dar la vuelta a ese círculo coincidía con una jornada o trayecto del sol en el firmamento, tanto en invierno como en verano, de modo que su circunferencia se constreñía o se dilataba a instancias de la luz. En el exterior reinaba una inconmensurable extensión de arena pura cuyo fulgor hería todas las miradas. Ni el más duro de los lagartos palpitaba alrededor, pero en la pared circular del edén había signos grabados, símbolos pintados de rojo, inscripciones esotéricas y dibujos que formaban cruces, rombos y triángulos. Entre los jeroglíficos, un cero de sangre seca fluctuaba en el ardor de unos sillares. Aquel universo gráfico e indescifrable lo habían trazado manos diferentes, sucesivas. Sin duda, algunos seres desconocidos, dioses o mortales, habían dejado allí una huella de su sabiduría.

Todos los signos se repetían. En cambio, el gran cero de sangre era único. ¿Qué podría significar? El filo de la tapia estaba rematado por un cilindro de granito imposible de abarcar con los brazos, construido para que nadie pudiera trepar hasta arriba, y el siroco había depositado al pie de aquellas piedras roídas por la eternidad un estercolero de objetos raros que al parecer pertenecían a otras culturas.

Un coyote doméstico de orejas cercenadas había aparecido en nuestro camino, en la embocadura de la hoya calcárea, y no era más que un enviado que nos iba a servir de guía en el laberinto de arena. Misteriosamente, el animal se puso al frente de la expedición para ejercer su labor de práctico. Algunos camelleros conocían la costumbre de esta alimaña y el encuentro con ella siempre se celebraba con renovadas muestras de admiración, pero, en realidad, esta vez la comitiva no hubiera necesitado de sus servicios porque la mona daba también señales de conocer aquel contorno como la palma de la mano. Ambos animales echaron a correr a un tiempo cuando las tapias del paraíso comenzaron a reverberar a una distancia imprecisa. En medio de la ondulación de las dunas, la pared circular proyectaba una sombra violeta que se perdía de vista cortando el magma solar. El corazón me golpeaba las costillas. Finalmente, la caravana arribó al pie de la muralla y acampó igual que en otras ocasiones sin mayor interés, pero el coyote y la mona quedaron paralizados frente al sillar donde brillaba el cero de sangre.

—Abrázame otra vez —exclamó Helen.

—Aquel cero ciertamente era una puerta secreta.

—Bésame, Caín. Quiero que me beses.

—¿De veras?

Era otro paraíso el que ahora se abatía con dulzura sobre mí en el interior de un largo silencio. Helen me cabalgó sólo con una pierna llena de lumbre y apoyada con el antebrazo en la almohada había dominado mi rostro con una mirada sonriente y libidinosa. En seguida comenzó a explorar con mano caliente mi cuerpo, y la acompañó con leves chasquidos de labios que sonaban en la madrugada.

—¿Encontraste lo que buscabas?

—Sí.

—¿Lograste entrar en el edén?

—Es el episodio más turbio de mi memoria. Lo recuerdo todo confusamente.

—Acaríciame las tetas.

—¿Así?

—Oh, cómo me gusta. ¿Había luna?

—¿Qué?

—¿Había luna llena aquella noche en el desierto cuando estabas al pie de la muralla?

—Ábrete un poco más, Helen. Al caer la oscuridad, la luna tal vez había amasado las dunas con una pasta de leche.

—Me estás haciendo muy feliz. Dámelo todo.

—¿Me quieres?

—Entra, por favor.

Al atardecer, el campamento se hallaba levantado junto a la pared del edén y las jaimas,

73

al resplandor de las hogueras, exhibían sus colores vivos y agitaban los vientos, y mientras se sacrificaban algunos corderos lechales, las bailarinas sudanesas danzaban, y en otros corros los camelleros, dragomanes y el resto del séquito, con las córneas brillantes, narraban fábulas de ángeles cautivos, de reyes enamorados, de navegaciones azarosas, de tesoros escondidos, de las propiedades del ámbar gris, pero nadie hablaba del paraíso deshabitado. Yo estaba junto al príncipe negro, el cual me honraba con su deferencia y lo mismo a mi hermano Abel. El cordero asado elevaba un perfume de soberanía y yo le ponderaba a su alteza el lugar tan sagrado que envolvía aquella muralla.

—No es más que una vulgar corraliza —me dijo.

—¿Has penetrado en ella alguna vez? —le pregunté.

—Nunca.

—¿Por qué?

—Da mala suerte. Corren historias. Todos dicen que ahí dentro no hay nada. Al parecer, en otro tiempo eso fue un simple criadero de monos y la mayoría de ellos eran felices, pero algo extraño ocurrió.

—¿Qué significado tienen estos símbolos grabados en el muro?

—Nadie ha sabido nunca interpretarlos. El jeroglífico cuenta un relato que de pronto se interrumpe.

Lentamente, las pláticas se volvieron bostezos, el campamento fue quedando dormido y el silencio, al final, se apoderó de todo. Había luna llena. El perfil de las dunas y la comba de la muralla tintineaban una ligera vibración bajo una luz de leche que proyectaba sombras pálidas. Quise armarme con mi puñal preferido, aquel que mi padre me regaló cuando llegué al libre albedrío, y hacia la medianoche con gran sigilo salí de la jaima saltando el cuerpo de Abel y de otros camelleros sumidos en un profundo sueño. En ese momento, yo era un adolescente investigador. Mi pasión nocturna consistía en alcanzar la cima de la tapia y luego caer dentro del paraíso. Con ambas zarpas me agarré bien a las grietas de los sillares y pude escalar algún tramo sirviéndome también de los huecos que la eternidad había roído en la piedra. Lo intenté varias veces, con un esfuerzo mayor, sin resultado. Supe que mi empeño iba a ser imposible. El cilindro que coronaba el paredón era superior al arco de mis brazos. Me hacía perder el equilibrio hasta dejarme de nuevo al pie de la muralla caído de espaldas. Pensé entonces si aquellos signos e inscripciones que llenaban el muro no expresarían los deseos, las blasfemias, las plegarias de cuantos un día trataron como yo de saltar la barrera de la felicidad y no lo lograron. El coyote y la mona permanecían impasibles haciendo guardia al cero grabado en sangre. Estaban paralizados frente a él, como hipnotizados por el fulgor de ese símbolo que brillaba en las tinieblas. Me acerqué.

—Entra, Caín, entra en mi cuerpo —exclamó

Helen abierta con la garganta quemada por el amor—. Si supieras cuánto he deseado que llegara este momento.

—Te amo, mi negrita.

—Así. Más.

—Te amo.

Comencé a cabalgar a mi chica y los cartílagos de ambos crujían, los latidos de ambos se fundían y producían chasquidos de carne, y llegó el instante en que mi cerebelo escupió la tapa, que fue a dar contra la luna del armario, y allí mil cristales hechos pedazos reprodujeron mil imágenes de mi deseo. Una de aquellas imágenes era ésta. En la oscuridad, yo acariciaba el círculo mágico inscrito en la tapia del paraíso, aquel cero de sangre, como se acaricia el sexo de una novia o la clave secreta de una caja fuerte. De repente, el sillar se movió. Lo empujé suavemente y cedió dejando un vacío en forma de circunferencia por donde yo podía deslizar el cuerpo. Seguido por el coyote y por la mona entré así en el edén armado con el puñal y era la medianoche justa y la luna llena iluminaba volúmenes inconcretos, siluetas que tal vez eran cerebrales y algunos dibujos de sombras. Se oía una profunda vibración de silencio. Al penetrar en el paraíso tuve la leve sensación de que la naturaleza me sustituía. Ella lo hacía todo en mi lugar, pero la naturaleza no era sino la forma. Nada tenía que ver con el pensamiento ni con la sustancia de las cosas apenas visibles a la luz de la luna. Sólo me brillaba el puñal en la mano. El resto consistía en infinitas ondulaciones de arena lechosa por donde yo era conducido según el itinerario que la mona y el coyote trazaban en aquella exploración. Iban unos pasos delante de mí. El coyote tenía las orejas cercenadas, el hocico agudo y los ojos de fuego. En cambio, la mona, que estaba en el tercer día de celo, exhibía su sexo amplio y floreciente. Había en su belfo acuoso una amalgama de encías. Jugando a sacar fáciles efectos simbólicos acerca de aquellos dos animales que me guiaban en el paraíso, yo sabía que el coyote era la inteligencia y la mona representaba el instinto, aunque sin duda esto no quería decir nada. Yo sólo buscaba algo que justificara el placer de tantos recuerdos, el prestigio de todos los sentidos. Detrás del coyote y de la mona comencé a caminar bajo la luna llena por el interior de aquella corraliza. Arriba, en el cielo, sólo se veía la Casiopea tenuemente y, abajo, en la tierra, mis pies se hundían en las dunas de modo progresivo. No había nada. Sin embargo, el bálsamo más suave me estaba inundando ya. No había nada, pero no esperaba nada. ¿Dónde hallaría aquella ciudad sumergida en un lago resplandeciente? ¿Por qué no se escuchaba ninguna música ni olían las flores visionarias? Mientras los pies se me hundían cada vez más en la arena yo recordaba viejas historias del pasado e inesperadamente un perfume de sandía se apoderó de mi nariz. Y también de pimiento asado.

—¡No hables así!— exclamó Helen, relajada, fumando un cigarrillo después del amor—. El paraíso no puede oler nunca a sandía ni a pimiento. No seas bastardo. Recuerda que eres el rey del saxofón.

—Querida Helen, te juro que el edén olía a eso aquella vez. No era una noche de verano en la infancia. No había luciérnagas en el jardín ni los ídolos estaban derribados entre hierbas de anís.

—¿Quieres que te ayude a recordar?

—¿Cómo?

—Pon tu mano sobre mi sexo.

—¿Otra vez?

—Sí.

—Ayer maté a mi hermano. ¿O fue tal vez anteayer? Llevo un par de días muy intensos. No me obligues a amarte más.

—Sube, Caín. Yo te llevaré al centro del paraíso.

—¡Dios mío!

—Muévete.

Esto era en aquella ocasión el edén: caminar a la luz de la luna sin esperanza y sentirse feliz al comprobar que el cuerpo formaba parte de la arena. Pero el coyote y la mona andaban obsesionados en busca de algo impreciso. Al final de un tiempo que no acierto a calibrar, ambos animales se detuvieron en un lugar donde no había nada extraordinario. Sólo formas, volúmenes, sombras. Tal vez era el centro geográfico del paraíso, un punto crucial de cualquier sensación. Oh, querida Helen, deja de castigar mi carne y escúchame. Ya sé que te vuelvo loca, pero sujeta un poco todavía el tigre de tu sexo y

78

escúchame. El coyote y la mona, bajo la luna llena, comenzaron a gritar, a aullar. ¿Cuál de los dos animales era Dios?

—Helen, ¿me escuchas?

—Sí.

—¿Cuál de los dos animales sería Dios?

—Aquel cuyo aullido resonara con mayor intensidad en tus entrañas.

—El coyote era el Dios único y verdadero.

—¿Cómo llegaste a conocer eso?

—Porque su aullido me hizo sentir inmortal.

—Oh, la inmortalidad. Ya ha salido Caín con la misma canción de siempre. ¿Qué maldita cosa es eso de la inmortalidad?

—Las ventosas de tu vagina. Estar atrapado por ellas y no perecer nunca.

Aquella noche no descubrí nada, pero de pronto comenzó a amanecer como lo está haciendo ahora sobre Manhattan. Una levísima perla vibraba encima de la muralla del paraíso y sus sillares lentamente se fueron convirtiendo en oro viejo y la lívida claridad que llegaba de oriente con tonos rosas y violetas se instaló en esa parte del cielo y caía ya en el círculo mágico del edén cuyo interior no estaba compuesto sino de arena. Un reflejo de púrpura hinchaba un lado de las dunas. ¿Dónde se encontraban las hormigas gigantes que extraían esmeraldas del fondo de la tierra? ¿Dónde se extendían las plantaciones de árboles que albergaban en sus oscuras copas un estruendo de monos y papagayos? También en este instante una mano de niebla se había instalado ya en la ventana de la habitación y el ruido del tráfico se hacía sólido en la calle. Por el asfalto pasaban sonando los primeros furgones que recogían la cosecha de cadáveres que había dejado la noche. Las sirenas de la policía se hallaban otra vez en el aire. Entre las fatigadas sábanas, Helen se había quedado dormida mientras yo hacía todo lo posible por salir del paraíso fumando un camel. Había llegado la hora de cumplir cada uno con su obligación: Helen tenía que ir a echar huevos fritos con jamón, avena y tarta de nata con sirope a oficinistas mañaneros de párpados hinchados y yo debía regresar al campamento, donde mi ausencia tal vez no había pasado inadvertida. Helen se despertó y se fue zureando hacia el cuarto de baño y en seguida inició un cántico bajo la ducha. Luego se ajustó el vestido de satén a sus nalgas de almendra, se pintó su bocaza de rojo fosforescente, se adornó con inmensas gafas verdes periquito, se puso el sombrero de plumas amarillas y se largó. Yo me quedé un tiempo todavía en el interior del paraíso fumando media cajetilla de tabaco. Bajo la luna llena no había vislumbrado sino volúmenes de leche. Disuelto ahora en la primera luz de la madrugada, los senos de las dunas se repetían como la ondulación de una memoria sin contenido. El edén no era más que un conjunto de formas abstractas o cerebrales, una pasta de parafina en la noche, un haz de reflejos durante el día. Abandoné aquel círculo mágico atravesando el muro por dentro del cero y la mona me miró con ternura y yo la acaricié. Parecía decepcionada. Sin duda, ella había conocido también mejores tiempos cuando sobre aquel lugar aún no había caído la maldición. Eso trataba de decirme con los ojos. En cambio, en las pupilas del coyote insomne brillaba el fuego del sol que ya había salido por encima de la muralla y no estaba conmovido por mi despecho. A la hora de partir supe que el paraíso sólo era un alto en el camino. Detrás del celofán de la cajetilla de tabaco fluctuaba un camello. El sexo de Helen estaba abrasado.

Mientras los criados levantaban el campamento y preparaban una nueva jornada de ruta, el príncipe negro me tomó consigo aparte, me llevó hacia un lienzo del muro donde se hallaba escrito el jeroglífico principal, puso el dedo en el primer pictograma y antes de traducir el significado me preguntó:

—¿Tienes algún interés en conocer esta pequeña e inútil historia?

—No deseo otra cosa, alteza.

—Aquí dice: en la época de los reptiles alados hubo un mono devorador de manzanas que comenzó a jugar con un palo y se sintió inmortal. Confundió el pensamiento con el dolor de cabeza y...

—¿Qué más?

—Aquí se interrumpe el relato.

—Hay otros signos e inscripciones. ¿Qué significan?

—Nadie lo sabe. Se deben a otra mano. Parecen invocaciones, blasfemias y frases sin sentido. Maldito Jehová, coleccionista de prepucios.

81

El rabo de la mona es la esencia. Todos los testigos han muerto. Esto es lo que está escrito. Cada peregrino o traficante ha dejado una huella en la muralla. También tú puedes hacerlo.

—Tal vez lo haré algún día.

—¿Qué te gustaría grabar?

—Lo que he visto esta noche: sexo estrellado, memoria de arena.

—Te ayudaré a hacerlo con la punta del cuchillo.

Algunos meses tardó la caravana en llegar a su destino y durante ese tiempo uno de los alfaquines del séquito me enseñó a extraer el veneno de las serpientes y tarántulas para fabricar pózimas de la salud y hechizos para el corazón de las mujeres. También un algebrista me hizo conocer la influencia de los astros en la mente de los hombres y la forma de guiarme a través de las constelaciones en el laberinto del desierto. Mientras tanto, Abel practicaba la danza con las bailarinas a la caída del sol. Vivía con ellas en la jaima del gineceo y tres eunucos le servían. Mi hermano era tan dulce y hermoso que el príncipe le quería capado. ¿Qué cotización hubiera alcanzado aquel mancebo de color caoba y de ojos azules en una subasta de esclavos en la ciudad de Biblos? Gracias a mis buenos oficios no llegó a realizarse la ceremonia de la castración, pero ese mismo día comencé a sospechar cuál sería nuestro final. A esas alturas del trayecto ya sabía que la caravana no sólo se dedicaba a ejercer el comercio de especias, piedras preciosas, semillas y metales por el arco de la Media Luna Fértil. Hacía igualmente compraventa de esclavos e intercambio de artistas, quiromantes y adivinos en ciertas encrucijadas del viaje. Aunque el príncipe Elfi fingía no creer que yo me llamaba Caín y que era hijo primogénito de Adán y Eva, célebre pareja fabricada directamente con barro de primera mano por Dios, nos trataba tanto a mí como a Abel con una especial deferencia que sin duda no obedecía a la admiración por nuestras artes de música y danza ni al amor por nuestra belleza, sino a un interés lucrativo. Tal vez, el príncipe quería especular con nosotros, puesto que nos habíamos convertido en una expectativa de riqueza. Si se confirmaba mi auténtica filiación, el príncipe mercader sería considerado el primer cazador del desierto y en la metrópoli de los grandes ríos y en las ciudades del mar se oiría su nombre pronunciado con envidia, lo mismo que sus productos. Todos se harían lenguas de sus tesoros, pero nadie hablaría de sus camellos multiplicados, del oro traído de Hevilat, de sus cargamentos de bedelio en tierra de los hititas, de las pieles de pantera negra o de los secretos aprendidos de los astrólogos de Nínive, sino de la captura que había hecho de Caín y Abel, nietos de Jehová, en medio de la arena infinita. De ser cierta la noticia, muy pronto correrían los rumores y se levantaría la codicia en los centros del comercio. Varias expediciones saldrían de inmediato hacia el punto del desierto donde quedó Eva y también ella sería conducida a Biblos como la pieza más codiciada. A los tres el azar nos tenía probablemente reservado un buen trabajo: ser primero exhibidos en una carpa de feria y después rematados y adquiridos en subasta por distintos coleccionistas caprichosos que nos llevarían a tierras dispares en jaulas de cáñamo para servir de atracción en días señalados.

Siempre en dirección hacia el oeste, por el firmamento no dejaban de pasar aquellos pájaros de acero que producían un sonido terrorífico y penetraban el aire de forma invisible con una estela de humo extasiada. Debajo de ellos, sobre la arena, avanzaba lentamente la caravana, y la abría el príncipe vestido de escarlata cabalgando en el camello más elástico y luego seguían dragomanes, intermediarios, guardias de la escolta, criados, esclavos, sanadores, adivinos, eunucos y bayaderas. Todos lucían telas vivas de color y turbantes azules con una estrella de plata de siete puntas que era la marca de esa casa de comercio. Las mujeres de la comitiva, ya fueran danzantes o cocineras, iban ataviadas con sedas brocadas y el polvo que levantaban los pies de aquella expedición lo envolvía todo en una nube dorada. A veces teníamos que salvar unas alambradas, saltar varias trincheras, atravesar una llanura sembrada de cruces. El príncipe nunca hacía comentarios acerca de estas visiones. Su silencio era absoluto aun cuando en nuestro camino aparecían cadáveres de hombre a medio pudrir, coronados con casco y equipados con correajes y paños de lona verde. Se trataba de mundos superpuestos, no comunicados. Entre el dios que habita en las esferas y el espíritu del mal que vive en el centro de la tierra, aquel soberano mercader sabía que su sagrada misión consistía en el intercambio de preciados bienes que ofrecieran ganancias, placeres y amistades con gente desconocida. El resto no le interesaba nada. Ni siquiera se planteaba la existencia de seres inmateriales o de fuerzas omnipotentes, aunque en ocasiones las historias que yo le contaba de Dios le divertían.

—¿Y es cierto que practicabas el boxeo con él?

—Así es, alteza.

—No mientas, Caín —exclamaba riendo.

—Juro que Dios, al que llaman Jehová en aquel punto del desierto, bajaba del cielo a batirse conmigo.

—¿Bajaba solo?

—Solía llegar rodeado de doce gorilas que eran arcángeles. Dios jugaba a ganarme en todo, reía, me machacaba, se zampaba los frutos que yo le ofrecía en el altar, me mordía la nuca, me recordaba los preceptos y luego emprendía vuelo en escuadrilla con su escolta como esos pájaros de acero que vemos cruzar el espacio.

—¿Crees que ese Dios de tu adolescencia y sus chimpancés celestiales serían capaces de vencer a mi guardia? ¿No podrían ser capturados?

—Sé en qué estás pensando, alteza.

—Sería un negocio redondo. Toca la flauta, Caín.

—El Dios de mis padres nunca se dejará cazar.

—¿Seguro, muchacho?

—Va con ello mi sangre.

—La perderás si apuestas. Un día, en alguno de mis viajes, me encontraré con ese boxeador pretencioso, degustador de lechugas y cabritillos, le echaré la red encima y lo llevaré enjaulado junto con su corte hasta entrar triunfalmente en Babilonia o en Jaffa. ¿Cuánto crees que daría por él un buen coleccionista?

—Nadie osaría echar monedas en su calcañar.

—¿Ni en el zurrón de sus simpáticos gorilas?

—Tampoco.

—No me interesa un Dios que no da dinero. Vamos a olvidarlo.

Después de muchos meses de travesía, en el horizonte comenzaron a espejear unas laderas saladas; infinitos e imperceptibles granos de vidrio desafiaban desde el suelo la luz del sol; se sucedían hileras y círculos de juncos que orlaban la copa de los arenales y sobre las dunas volaban y gritaban unos pájaros blancos que yo nunca había visto hasta entonces. Se llamaban gaviotas o albatros. De repente, recibí un fogonazo del máximo azul posible. El mar estaba allí, aunque la ciudad de Biblos aún no era visible. Qué sentimiento tan profundo experimenté ante la inmensidad del agua. Qué nueva gran madre hallé. Qué clase de íntima alegría se había apoderado de cada parte de mi cuerpo. ¿Acaso mi alma y el mar se reconocían desde el fondo de la misma sustancia? Eva marina, ahora te recuerdo tumbado en Manhattan.

Algunos campos de verdura se divisaban ya y los cipreses se alternaban con las palmeras, las manchas de viñedo con oscuros huertos de aguacates, y por distintos caminos, entre frutales, discurrían jumentos pensativos montados por seres también silenciosos que se dirigían a la ciudad. Desde la falda de una loma donde crecían naranjos y limoneros vi las primeras piedras de Biblos. Eran almenas dentadas. Luego apareció el lienzo sur de la muralla que la luz de la tarde amasaba con canela bajo un cielo color albaricoque enmarañado de golondrinas. La puesta de sol encendía de un lado todas las cosas, todos los rostros. Nunca olvidaré la suavidad de aquella brisa ni el ruido de metales y alaridos humanos, el enjambre de buhoneros, saltimbanquis, mendigos y magnates que me inundó en las calles. La caravana del príncipe Elfi, con todo el séquito, entró por la puerta principal de Biblos y un gentío dispar en raza y color de la piel nos saludó levantando los brazos con alborozo. El príncipe era reconocido por todos los artesanos y alarifes que trabajaban bajo los dinteles de sus casas y ellos también elevaron una sonrisa a nuestro paso. El punto de destino era la explanada del puerto y los camellos sabían cómo llegar hasta allí. Troncos de cedro perfumado se almacenaban en los muelles y la visión de los barcos pintados de rojo, el pequeño bosque de palos, gavias, masteleros, trinquetes y algunas velas hinchadas que en ese momento entraban por la bocana me llenó el corazón de júbilo. Por fin, Abel, la mona y yo estábamos en Biblos.

A las once de la mañana me ha llamado por teléfono la voz más fastuosa de Helen. Creí que el auricular me iba a reventar en la patilla.

—¡Estás en todas las paredes! —gritó.

—Repite eso —le dije.

—¿No oyes el ruido de las copas? Lo estamos celebrando. Han empapelado con tu rostro varias estaciones de suburbano.

—¿Qué estáis celebrando?

—Hay pasquines de tu figura en Times Square. Tu retrato también adorna las comisarías y todos los puestos de control. Has triunfado, chico. Lo sabía. Lo sabía.

—¿Que sabías tú, maldita mona?

—Que tu nombre saldría por la boca de los predicadores, periodistas, teólogos, políticos, moralistas de todo el mundo. Sabía que mi novio un día sería proclamado rey del saxofón y santo patrón de todos los asesinos.

—Helen. Oh, mi querida negrita de nalgas de almendra.

—Qué.

—Me quieres demasiado. Yo no he matado a Abel.

—¿Qué dices, bellaco?

—No he matado a Abel todavía.

Nueva York exhibía el color de otoño, el hedor de siempre: delicados amarillos y púrpuras en Central Park, rojos sangre de perro en los carteles de salchichas, rosas desvaídas en el rostro de los héroes de las pancartas y el dulce olor de gas penetrado por la putrefacción de un millón de tartas de fresa. Me eché a la calle sonriendo a todos los mendigos y por delante de mis ojos desfilaban negros en cadillacs blancos con sombreros de copa fosforescentes, ancianas vestidas con trajes de ballet, viejos de ochenta años que hacían footing, heroinómanos transparentes, limusinas blindadas como sarcófagos con un prodigioso carnicero en su interior, y yo los amaba a todos. ¿Era exactamente mi alma la que estaba pegada en las paredes de la 42? Había un estercolero de carne en aquella esquina con la Octava Avenida y por la acera fluctuaban camellos que predicaban la mandanga en voz baja y algunos seres mutantes dormían en posición fetal en los cubos de basura y a las once de la mañana las bombillas que orlaban los paneles encendían y apagaban grandes tetas e inmensos culos que parecían puertos de mar donde iban a caer deseos de cuarenta dólares. Al pasar por esa esquina, algunos extraterrestres me saludaron como a un emperador. Salve, Caín. Diestro con la quijada de asno, invicto derramador de sangre de perro, amor de los apestados, ¿quieres un pico de heroína? Verás las palmeras de Biblos con el humo de tu adolescencia dormido sobre sus murallas. Yo caminaba por las calles de Manhattan entre hirientes imágenes de panasonic, calientes vallas con chicas abiertas de piernas que anunciaban bragas o salchichones y reatas de adolescentes con cresta de gallo pintada de carmesí, y recordaba un pasado en el desierto lleno de salmos y escorpiones, de preceptos y reptiles. A pesar de todo, había sido un niño feliz. Mi padre me había enseñado a rezar y a través de su mirada me inoculó el terror a lo desconocido, el miedo a Dios. Su propia inseguridad la vertía sobre mí ejerciendo el papel de patrón duro de cerviz y, a la vez, dubitativo. De él heredé la pasión por la duda, el placer íntimo de la desgracia. Mi padre había elevado el sufrimiento a la categoría de refinado arte del espíritu, pero el desierto tenía momentos de una suavidad carnal tan profunda que los perfumes de algunas flores en el oasis llegaban a confundirse con los latidos interiores del alma. Atravesando diversos túneles de suburbano yo llevaba en el cogote ciertas visiones: los dientes de oro de mi padre, la luz color tortilla de aquel nido de ametralladoras donde me inicié en el sexo con Abel, los gritos de Jehová cuando me llamaba a su presencia, la cara rubicunda de la divinidad con aquellos pelos de oro que le salían de las orejas y de las fosas nasales, las alambradas sucesivas que marcaban una tierra de nadie, la explosión de aquella mina y la figura de Adán saltando por los aires como un pelele dentro de un cono de arena luminosa. Y ahora los golpes del convoy en la oscuridad de los raíles me martilleaban el cráneo, y al ver la chapa del vagón pintada con signos y garabatos volví a imaginar la tapia circular del paraíso donde otros seres también habían grabado sus aspiraciones o habían definido el mundo con breves sentencias nerviosas. Qué extraño. En el vagón del suburbano había una frase idéntica a aquella que el príncipe me hizo leer en el muro del edén e incluso pensé que se debía a la misma mano. El rabo de la mona es la esencia. Junto a este adagio había otros. Toda la filosofía moderna estaba escrita con spray en esta caja de chapa que iba atravesando las entrañas de Manhattan. Sólo pienso en el culo de mi chica. Amén. Al final de la mente hay un cuchillo. El sexo ruge. Ay de la tierra, címbalo alado. Confundidos están vuestros sabios porque desecharon la palabra del Señor. Cariño, te amo, acércame la escupidera. Yo llevaba la cabeza llena de gloria al comprobar que todos los pasajeros me miraban. Unos directamente a la cara con ojos pasmados, otros con un esguince furtivo por la pata de gallo. Me miraban como se hace con los artistas, no con los asesinos. ¿Es usted Caín, ese chico que está en los carteles? Soy Caín, hijo de Adán el llorón y de Eva la sultana. ¿Es usted Caín, el primer espada de la historia? Soy Caín, el que echó un pulso con Jehová con los codos puestos en el ara del sacrificio. Voy a una fiesta a conmemorar un asesinato con los amigos. Durante el trayecto, en el suburbano, sucedió algo que está más allá de la ficción. El convoy en el que yo viajaba se detuvo en una estación y allí un tren igualmente parado, que iba en sentido contrario, se veía al otro lado del andén. Miré por la ventanilla. En el vagón paralelo había una muchacha rubia sentada junto a un asiático extremadamente viejo y dormido. Ella también miró por su ventanilla. Al verme sonrió. Ambos cruzamos los ojos con una profundidad de medio minuto. La muchacha reaccionó con rapidez. Empañó el cristal con el aliento y sobre el vaho escribió del revés para que yo leyera un número de teléfono. Añadió esta palabra. Llámame. Y a continuación su convoy partió, pero yo llevaba aquella cifra en la memoria y sin perder tiempo la anoté en la agenda. Muchacha azul desconocida que pasó como una ráfaga por los intestinos de Manhattan: 212.2276519.

Cuando salí del metro estaba lloviendo en Nueva York y todos los colores charolados de la ciudad resbalaban en mi corazón totalmente húmedo de placer. Alguien, en Park Avenue, me pidió el primer autógrafo de mi vida. Un ciudadano se acercó bajo un paraguas amarillo y sonriendo me puso su amable dentadura a un palmo de la nariz.

—¿Le importaría firmar aquí? Escriba cualquier cosa. Un recuerdo.

—Perdón. Tal vez está usted confundido —le dije.

—Sé muy bien quién es usted.

—¿De veras?

—Fue muy grande aquello, sí, señor. Un éxito sin precedentes. Jamás había visto una cosa de esas. Le felicito.

—¿De qué me está hablando?

—De sobra lo sabe usted. Ande, por favor, escriba algo en este sobre.

El caballero del paraguas amarillo me extendió un sobre mojado en que se corría la tinta. Él mismo me cedió el bolígrafo y yo me limité a rayar con emoción esta frase:

—A mi querido...

—Michael Black.

—A mi querido Michael Black que tal vez desea ser también acuchillado. Firmado: Caín, el afilador.

—Gracias. Enhorabuena.

El caballero se fue con el paraguas unos pasos delante de mí y una vez que hubo leído la dedicatoria volvió el rostro con sorpresa, abrió los ojos como platos, guardó el papel en el bolsillo y muy pronto dobló la primera esquina a grandes zancadas. Llovía sobre Nueva York como llueve sobre el alma y todos los colores se diluían en la imagen de mi rostro en los pasquines. Yo caminaba por Manhattan con zapatillas de baloncesto bajo el agua oblicua y, sin embargo, Biblos existía realmente en mi corazón. Aquella ciudad de la adolescencia florecía gracias al comercio de cedros de los montes del Líbano, que las naves, ahora atracadas delante de mis ojos deslumbrados, llevaban con velas hinchadas hasta Jaffa, Chipre, Creta y Egipto. Estos nombres y otros más sonaban en boca de todos los mercaderes en el esplendor de aquel puerto lleno de sol. Los dioses del Mediterráneo debían sus templos a esta perfumada madera. Los barcos volvían a Biblos cargados de leyendas y bienes. Traían papiros de Menfis, cerámicas y tanagras de Heraklion, ánforas rebosantes de vino de Rodas o de aceite del Ática, sedas de Esmirna y noticias de que en Jerusalén un tal Salomón estaba construyendo un palacio de oro macizo. A cambio de un brazalete y tres pollinos enjaezados, Abel y yo fuimos cedidos por el príncipe a un armador cuya especialidad consistía en exportar armas grabadas. El príncipe Elfi se hizo otra vez al desierto con la caravana en busca de especias y esclavos, y mi arte en la música fue poco apreciado por mi nuevo señor, no así mi habilidad en labrar filigranas en el bronce. De esta forma entré a su servicio, aunque de noche, en Biblos, comencé a brillar de estrella. En una mancebía me ejercitaba tocando la flauta para amenizar el trabajo de las prostitutas mientras mi hermano Abel danzaba. Aquella casa estaba regentada por una gorda sibila cubierta de velos de todos los colores que nublaba la mente de los clientes con sahumerios realizados con hierbas visionarias. Allí conocí a toda clase de navegantes que me hablaban de países lejanos. Muchos de ellos deliraban en los jergones abrazados a una ramera y entonces sus historias doblaban la imaginación. ¿Sería cierto que un minotauro mugía en el laberinto de Creta y que el sonido de su garganta llegaba hasta Argos? En el palacio de Cnosos, las doncellas, coronadas de guirnaldas, abrazaban a los adolescentes en los festines y les forzaban a beber la miel de sus senos. En Egipto había un río que pasaba por el pie de gigantescas tumbas de seres de otro mundo. Eran enormes capullos de piedra en cuyo interior se escondían tesoros increíbles. Pero el relato que me fascinó más fue el que contaba aquel traficante de opio acerca del Mar Muerto. En el desierto de Judea había una ciénaga podrida y sus playas eran de sal. La charca emanaba un vapor de asfalto que en el aire tórrido formaba fantasmagorías: dragones de alas puntiagudas, viscosos cetáceos aéreos. En el fondo de ese mar hediondo se veían dos ciudades sepultadas, y a veces, de aquel alveolo surgía una música deliciosa que sonaba en la oscuridad. Las aguas eran fosforescentes, de modo que las tinieblas de alrededor también estaban iluminadas. Cuando los marineros, con voz de fuego, describían estos hechos, yo me prometía por dentro que algún día iría a visitar esos lugares donde sucedían cosas tan extraordinarias, si bien la ciudad de Biblos no tenía nada que desear, según decían los mismos viajeros: a un tiempo saciaba los ojos y colmaba cualquier ambición. Había industrias de papel, que se fabricaba con juncos de papiro a remojo, luego cortados en finas láminas, que se entrelazaban, prensaban y ponían a secar. Al final formaban una tupida trama por donde los lápices de carbón se deslizaban escribiendo el pensamiento de los hombres. A esta industria del papel debía el nombre la ciudad, nombre que propagaron los primeros navegantes griegos. En la explanada del puerto se extendían hileras de maestros en cuclillas que enseñaban el alfabeto y el arte de la escritura. Regalaban sentencias de sabiduría estampadas con tinta de color y redactaban las noticias que traían las naves mientras en torno a ellos bullían saltimbanquis, encantadores de serpientes, buhoneros y pasaban reatas de esclavos con cadenas que ocupaban los remos de las embarcaciones antes de zarpar. La mona, Abel y yo nos movíamos bien por las calles de Biblos y mi oficio era muy apreciado por el armador que nos mantenía. Mi trabajo con los puñales había alcanzado cierta fama de perfección y muchos consignatarios, en remotos puntos de destino, ya exigían que el arma llevara el sello de Caín como marca acreditada. Mi anagrama consistía en un cero, y sobre el perfil de la circunferencia, rodeando la constancia del infinito, iban mis cuatro letras inscritas en oro. Había en Biblos un gran comercio en tierras minerales que daban color a las telas de lino, y las muchachas de allí tenían renombre por la suavidad de sus manos para las caricias de la carne y por el amor al hilado. Aquellas sedas eran viento tejido y sus miradas calientes también tejían el aire.

A pesar de todo, yo quería triunfar y ser admirado por mi virtuosismo con la flauta, y esperaba con emoción la caída de la tarde para ir al prostíbulo a ejercer mi arte entre ebrios voluptuosos y encantadas sirenas. Nada se puede equiparar al placer que experimentaba al ver que una melodía soñada por mí excitaba el cuerpo de Abel y lo movía a danzar. Aún estaba enamorado de mi hermano, pero su hermosura era ya tan impúdica que no lograba retenerla un solo amante. Abel pronto se reveló como un homosexual caprichoso y la sibila propietaria del burdel comenzó a ofrecerlo a sus clientes más distinguidos, a los magnates de la madera, navieros, comerciantes acaudalados que parecían entender de joyas y de mancebos. Aquellos ojos azules, aquella piel de caoba se escapaban de mi presencia a menudo. Sus fugas repentinas me hacían sufrir y a la vez llenaban mis venas de una sensibilidad morbosa nada desagradable. Vivía entonces una exaltación de los sentidos. Atardeceres de albaricoque, nubes de golondrinas iluminadas de lado por el crepúsculo, murallas de Biblos bajo un polvo de canela, perfumes de almizcle, pimienta y anís. Iba por las calles de Nueva York empapado por el agua oblicua del otoño y en mi cerebro resonaban todavía los panderos de los encantadores de serpientes —oh lejana adolescencia, memoria anfibia de la carne— cuando en ese momento por Park Avenue cruzó un furgón gris que se abría paso con una sirena que simulaba el canto de un búho. El vehículo frenó un centenar de metros delante de mí, donde en la acera había el cadáver de un ser muy personal aunque sin una seña de identidad humana. Era un hombre rata que había salido a morir a la luz. Ningún transeúnte se detuvo a contemplar la operación. Del furgón saltaron dos enfermeros con bata blanca ante la mirada fría de un polizonte y aplicaron unas gomas en el corazón del caído. Por lo visto no oyeron nada y ambos sujetos se hicieron una contraseña de finiquito; a continuación, sin palabras y con un tedioso movimiento de brazos, balancearon el cadáver y lo arrojaron de un golpe dentro de aquel furgón, que parecía de mudanzas. Andaba ya muy cargado a esa hora del día. El conductor silbaba. Las puertas abiertas dejaban ver una escombrera de cuerpos. Había uno vestido de esmoquin. A otros la muerte les había sorprendido riendo.

Lleno de fiambres, se alejó el furgón cantando como un búho para recoger nuevas mercancías en otros puntos de Manhattan y yo me quedé en la acera con la cabeza todavía penetrada por el olor a estiércol de camello, a sésamo caliente y a brea de barco que rezumaba en el puerto de Biblos. A Abel, por entonces, había comenzado a colmarle de favores el regente de unos baños cuyo establecimiento tenía fastuosos mármoles y aguas sulfurosas con grandes propiedades para la salud del cuerpo y recreo del alma. Aquel balneario se hallaba amparado por una diosa de la fertilidad, llamada Artinaek, la cual exhibía en un pedestal varios sexos masculinos y femeninos bajo su hinchado vientre de barro, y mi hermano era el encargado de renovar el incienso que de forma perenne ardía a sus pies. Gente muy principal visitaba semejantes termas, y a unos les atraía el extremado lujo que allí había y a otros los acarreaba la artritis o el nefasto mal de riñón o de próstata. Cada noche se celebraban en aquellos salones algunas fiestas sonadas donde reinaba el vino de Chipre perfumado con resina y dentro de una atmósfera de prodigiosos asados danzaban bailarinas de ébano cuya mirada era de gato. Un reyezuelo extranjero, rechoncho y de apretadas carnes, instalado en aquel lugar por amor a las benevolentes aguas, se rindió a las gracias de mi

98

hermano Abel de tal modo que quiso adquirirlo a cualquier precio para que entrara a su servicio. Trataba de convertirlo en un objeto de arte digno de ser acariciado sólo por él. Ancho de vestiduras bordadas con hilos de oro, avanzaba por las galerías lentamente con curvadas pantuflas donde brillaban esmeraldas, y una vez echado en los almohadones de terciopelo que había en la sala de música hacía llamar a mi hermano. Éste acudía sonriendo y se recostaba a su lado como un dulce perro, y entonces el reyezuelo le miraba con relámpagos de pasión en los ojos y le posaba sobre el hombro desnudo sus dedos gordezuelos y anillados cuyas uñas eran de nácar.

—¿Cuántos años tienes, tarrito de miel?

—Doce, señor. Creo que tengo doce años.

—¿Y qué llevas balanceando ahí en tu pecho?

—Un talismán.

—Deja que lo vea. Es muy extraño. ¿Qué significa? ¿Tiene algún poder?

—No lo sé. Me lo regaló Caín.

—¿Caín?

—Mi hermano.

—¿Se llama Caín tu hermano? ¿Es tan hermoso como tú y tan suave?

—Él me regaló el talismán hecho con una quijada de asno cuando vivíamos en el desierto. Me lo ofreció como un símbolo de amor y de muerte. Es un falo.

—Ya lo veo.

—Está grabado. Lea lo que pone alrededor del hueso.

—Te amo. He aquí mi fortaleza. ¿Dice eso la inscripción?

—Pone exactamente: te amo, he aquí mi fortaleza, huerto cerrado. Caín.

—Es un bello adagio. ¿Cuál es el oficio de tu hermano?

—Al atardecer toca la flauta en una mancebía. Durante el día graba puñales. Yo doy masaje y bailo. También pongo incienso a los pies de la diosa Artinaek.

Acariciándole el pecho y los brazos desnudos, aquel reyezuelo envenenaba el oído de Abel con palabras hermosas, con perfumes y promesas de viajes hacia regiones aún más placenteras, con visiones de ricos palacios que estaban lejos. Nunca he tenido el cerebro tan caliente. El sol de Biblos me daba de lleno en el cráneo y por dentro me hervían esperanzas de placer, sueños de gloria. Cada noche escuchaba historias de navegantes en el prostíbulo y Abel, a su vez, me desafiaba con los relatos que oía en las termas contados en boca de reyes extranjeros. Ambos nos excitábamos la imaginación, y mientras yo tañía la flauta y él danzaba los clientes nos echaban rosas, pero nuestro corazón ya se encontraba al otro lado del mar. Yo ardía de amor por aquel cuerpo.

—Un rey me quiere llevar a su país —decía Abel.

—Iré contigo.

—Ha jurado que allí podré triunfar.

—¿Cómo se llama?

—El rey se llama Shívoe y el país está a diez días de navegación.

100

—Oh, quién me diera, hermano mío, que tú fueses aún como aquel niño que mamaba en los pechos de mi madre para poder besarte.

—Caín.

Esa misma noche, el monarca gordito y enamorado vino al prostíbulo a contemplar la danza de Abel. Llegó rodeado de una cohorte de gorilas y la sibila le dio aposento en primera fila, entre rameras y eunucos, dentro de la espesa humedad del alcohol y de la humareda de hierbas que quemaba la dueña. Había una multitud de marineros, tratantes, camelleros del desierto y ricos comerciantes de la ciudad. Lo recuerdo bien. Yo tocaba la flauta y Abel bailaba, y al reyezuelo Shívoe se le descolgaba la mandíbula de felicidad. En un instante incierto, uno de aquellos gorilas de la escolta real cruzó su mirada con la mía y sentí que la rabadilla se me estremecía. Sabía que el rostro de ese ser primitivo, cubierto de pelo, de terribles zarpas que le llegaban casi hasta la tibia, se había encontrado conmigo en alguna parte. Todos los grandes simios se parecen, pero aquel gorila descomunal tenía en los ojos la inocencia de un arcángel. No sé exactamente qué pasó. Un borracho, abrazado a una prostituta en el rellano de la escalera, enarbolaba una frasca de vino y comenzó a gritar:

—¡Hijos de perra, un día veréis el cielo abierto! ¡Se apartarán las nubes y yo bajaré con gran majestad sobre vuestras cabezas de chorlito!

—¿Quién es ese ambicioso? —preguntó alguien.

—¡Soy hijo de sabios, hijo de reyes antiguos! ¡Dios ha derramado en mi corazón el espíritu del vértigo! ¡Temblad, idiotas!

No era más que un simple marinero ebrio, tal vez impotente en el lecho, que de repente abandonó la elocuencia de los profetas y lanzó el cántaro de vino contra el bellísimo cuerpo danzante de Abel, el cual se desplomó fulminado, sin sentido. Al instante, siete gorilas entraron en acción y todo el garito quedó patas arriba en un momento. El tumulto fue rápido, de una intensidad de golpes fuera de lo común, pero sólo hubo un muerto. El marinero celeste apareció tumbado boca abajo al final de la batalla y en la espalda llevaba clavado un puñal con mi marca de fábrica. El propietario de aquel acero formidable era el enigmático gorila que había pasado toda la noche escrutándome con ojos de arcángel. Ahora pertenecía a la guardia de aquel monarca gordito que tenía trazas de magnate marítimo, si bien el silencioso orangután me hacía recordar el desierto. ¿Dónde lo había sorprendido yo antes? ¿A qué otro importante señor había servido? Vi que ese arcángel arrancaba el puñal de la carne del cadáver y limpiaba la sangre en las propias cachas hasta dejar la hoja brillando. Luego mandó el reyezuelo recoger del suelo con sumo cuidado el cuerpo herido de Abel, que gemía débilmente, y el propio arcángel de la navaja fue el encargado de llevarlo a cuestas hasta el aposento real de las termas, donde lo sanaron con ungüentos. También yo acompañé al séquito por las oscuras callejuelas de Biblos y andaba muy cerca del gorila camillero cuando oí pronunciar su nombre. Se llamaba Gabriel. Aunque otros se referían a él como Varuk. Ninguna de estas palabras me recordaba nada. El monarca gordito, de amplias vestiduras bordadas, iba acongojado acariciando los miembros de mi hermano y vigilaba la brecha que ya no le sangraba en la frente. Las sombras de la escolta se reflejaban contra las paredes bajo la luna menguante y durante el trayecto por los empedrados vericuetos de la ciudad hubo un momento en que el rey y su gorila amaestrado cruzaron unas voces o tal vez un sentimiento. La garganta de aquel ser aún era muy rudimentaria. Cuando el amo le dijo que tratara con suavidad la dulce carga del adolescente, el arcángel emitió unos sonidos poco articulados entre los cuales sonó uno con nitidez. Jehová. El gorila de confianza parecía querer indicar al monarca enamorado que él conocía a Abel desde mucho tiempo antes. Yo traté de deducir que el guardaespaldas había servido al Dios del desierto, pero el significado no lo descubrí hasta que no estuvimos en alta mar con la proa puesta rumbo a Jaffa. Sentados en cubierta, con las velas hinchadas por un viento largo que hacía crujir las cuadernas del navío, el arcángel peludo me hizo una revelación.

Cuando esta mañana andaba por las calles de Manhattan, bajo la lluvia, henchido de gloria al ver mi imagen en todas las paredes, de pronto un perro de raza indefinida y con trazas de haber sido abandonado comenzó a seguirme. Podía tratarse de un pastor alemán o de un perro policía, aunque era casi silvestre. Primero, el animal anduvo un buen trecho detrás de mis pasos, luego se puso a mi altura y me miraba sin cesar con unos ojos color miel que poseían un cariz humano; finalmente me adelantó unos metros y, manteniendo siempre la misma distancia, parecía dispuesto a guiarme. Yo no me dirigía a ninguna parte en concreto. Había saltado de la cama después de haber pasado la noche en el paraíso. El grito de mi chica por el teléfono anunciándome la buena nueva de que yo era un infame censado, con el rostro en los carteles, me llenó el corazón de júbilo y quise comprobar por mí mismo el éxito en el asfalto. Había recogido los primeros saludos de los mendigos de Nueva York, me habían abrazado algunas rameras de la calle 42, había compartido sonrisas de hermandad con los seres más delezables que duermen en los cubos de la basura, una muchacha rubia de carne angelical me había escrito aquella cifra enigmática en el vaho que su aliento había dejado en el cristal de una ventanilla del suburbano, un desconocido con paraguas amarillo me había tendido un papel mojado para que yo estampara en él una sentencia, y ya había firmado muchos autógrafos más, había comenzado a impartir doctrina y yo iba por la ciudad y recogía miradas o gestos de asombro, de terror, también de compasión.

Un hombre rata había caído a mis pies y ahora un perro sin raza ni collar me conducía por las aceras de Manhattan según su capricho obstinado y yo me dejaba llevar. El animal estaba decidido a cumplir con su obligación, ya que cada medio minuto volvía la cabeza para comprobar si le seguía, y cuando me veía dudar tiraba de mí agarrándose a un fleco de la gabardina con los dientes. Mientras mi chica, en la cafetería donde trabaja, en medio de un altercado de pizzas y hamburguesas volátiles, celebraba con los amigos el hecho de tener el novio más asesino, yo, por dentro, me encontraba perdido del todo, aunque el perro no disimulaba sus intenciones de llevarme hacia la Quinta Avenida. Delante de la catedral de San Patricio paró en seco. En las escalinatas hizo un breve ejercicio con una pata para rascarse las pulgas y a continuación penetró en el cancel del templo y yo fui detrás del perro por el pasillo de la nave principal entre las filas de bancos donde muchos neoyorkinos, arrodillados a la luz cernida de los vitrales, rezaban a un dios verdadero, propietario de todo el dinero del mundo. Frente al cemento gótico de San Patricio, en la pista de hielo del Centro Rockefeller, patinaban viejales de esmoquin con la cara empolvada y los labios pintados de violeta, abuelitas adornadas con gasas de hada madrina, maricones con colas de pavo real. Ellos seguían los compases del *Danubio azul*, y dentro de la catedral el órgano tocaba una falsa fuga de Bach, que movía el corazón a pedir bienes al cielo. El perro andaba a sus anchas por el interior del recinto. Me llevó hacia el presbiterio, subió las gradas con elegancia litúrgica, dio algunas vueltas alrededor del altar como un oficiante y, de pronto, encaramando ambas garras delanteras en el ara, soltó un par de ladridos secos y luego un aullido prolongado que resonó con varios ecos en todas las bóvedas. Los fervorosos clientes del establecimiento quedaron pasmados pero nadie se atrevió a decir nada, ningún sacristán se acercó a reprocharme, tal vez porque se veía claramente que yo no era el amo del animal, sino su siervo. El sonido de sirenas de la policía que llegaba desde la calle formaba una amalgama con los acordes del órgano y los cánticos que salían de una capilla lateral ocupada por una densidad de fieles que asistían a una misa celebrada por un preste gordito, rubicundo, con gafas de oro. En ese momento, él daba la comunión y aquellos católicos ya iban cantando en hilera directos al banquete eucarístico, y el perro se puso en la cola, y yo también avancé detrás de él hasta que juntos llegamos al pie del copón, y entonces el perro se aprestó a recibir la sagrada forma e incluso abrió el belfo de caucho lleno de baba ante el ademán tedioso del sacerdote irlandés, pero éste detuvo en lo alto a Dios entre sus dedos al comprobar que tenía ante sí a un can enorme de pelo hirsuto con los colmillos dispuestos. Los fieles se hallaban sobrecogidos ya que el animal, levantado de patas en el reclinatorio, despedía un fervor religioso de primera magnitud y todo parecía deberse a un misterio indescifrable. Aún cundió más el pánico cuando el perro lanzó un aullido al ver que la hostia se le negaba. Aquel alarido de lástima duró un minuto casi eterno e hizo enmudecer al órgano y también cesaron los cánticos. Sólo las sirenas de la policía y la garganta del perro levítico quedaron sonando en el interior de la catedral, y fue tanta la emoción piadosa que de la escena emanaba, sobrepasando la razón, o tanto el miedo que los dientes de aquel ser provocaron en el sacerdote, que éste ofreció la comunión al perro, el cual la recibió con unción extraordinaria. A continuación, también yo comulgué de modo mecánico y en seguida los dos abandonamos el templo ante las profundas reverencias que los creyentes hacían a nuestro paso. No muy lejos de San Patricio está la joyería de Tiffany's. Con la divinidad en el estómago, el animal me condujo hasta allí. En la puerta blindada de ese comercio había un par de prohombres con cananas, los cuales sobaban la culata de un pistolón, y en el interior del local abarrotado aún había más revólveres, pero el público se movía discretamente por el laberinto de vitrinas y mostradores repletos de piedras preciosas y los dependientes cegaban con brillos de esmeralda o diamante la oscuridad de algunas almas. Como si se tratara del mejor cliente, los vigilantes de la entrada doblaron el espinazo y una sonrisa de sumisión se les cayó al suelo cuando el perro traspasó el umbral. Tal vez esta operación la había realizado en otras ocasiones ya que los empleados de la casa, al advertir la pre-

107

sencia del perro, entraron en un estado de convulsión. El consejero delegado comenzó a dar las órdenes oportunas mientras la fiera se comportaba con aplomo de experto en alta joyería y se paseaba por el recinto entre la confusión de otros compradores, a la espera de que sus deseos fueran pronto satisfechos. Con asombro vi que el perro se dirigía hacia una de aquellas arcas de cristal donde en nidos de terciopelo o tafetán reposaban joyas exquisitas y que una fina encargada lo recibía con una esmerada gentileza no exenta de terror. En el fondo del cofre transparente había un tesoro: una paloma de oro cuyas alas eran de brillantes de cinco quilates, la cola de esmeraldas de Muzo y los ojos estaban formados por rubíes sangre de pichón. Diademas, broches y brazaletes con figuras de áspides sagrados, escarabajos modernistas y diversos insectos con caparazones de pedrería y filamentos de platino. Yo estaba junto al perro. Éste había puesto el morro en el mostrador y jadeaba con un palmo de lengua colgada. Entonces, la atildada dependienta, señora de media edad con blusa y lazo de seda sobre el esternón, abrió aquella vitrina antibala bajo el amparo de un elegante inspector con pistola, y dirigiendo hacia mí su dentadura de porcelana, me dijo:

—Escoja la pieza que más le guste, señor.

—Perdón. No he venido a comprar nada —contesté.

—¿No es usted amigo del perro?

—Bueno, digamos que él me ha traído aquí. Voy perdido por la ciudad y le he seguido.

—Elija una joya, pues.

—¿Es necesario hacerlo?

—Es un obsequio que le ofrece la casa —dijo el inspector mientras acariciaba el arma en la axila.

—Me gusta esa perla negra.

—Muy bien. La perla es suya.

Tenía el tamaño de un huevo de golondrina y semejaba una tiniebla amasada con luz. Me sentía perturbado y no supe qué hacer, pero el propio consejero delegado se acercó a nuestro estante y él en persona fue el que me entregó la joya de forma solícita, y luego, flanqueado por crueles vigilantes elegantísimamente armados, me acompañó hasta la puerta y allí me despidió con almibarados jeribeques ante la impaciencia del perro que me esperaba ya en la acera para llevarme, sin duda, a otros lugares. Caminando por las calles de Manhattan pegado al rabo de mi protector, yo me preguntaba por qué la voluntad de los sacerdotes y joyeros se doblegaba con sólo mirar a ese chucho. ¿Qué saldría de sus entrañas ejerciendo tanto poder? Descubrí la grandeza de este ser al comprobar que los policías le saludaban cuadrándose de modo castrense. Casi fue una visita de cumplimiento. Con un ligero trote, el perro me abría paso en el tráfico de la ciudad y yo no hacía sino seguir con obstinación su trasero, aunque por dentro me veía extraviado. Al pasar junto a una comisaría se detuvo, volvió la cabeza hacia mí e hizo un ademán de invitarme a entrar, y frente a una tenue resistencia que le mostré el perro reaccionó dándome una cariñosa dentellada en el zapato. En esas dependencias, mi compañero parecía ser un viejo conocido. Subí con él a la primera planta y vi que en el cristal de algunas peceras estaba mi foto exhibida, y atravesamos algunos pasillos por donde discurrían agentes, inspectores, comisarios, delincuentes y gente lesionada por la existencia y todo el mundo tenía una palabra de respeto o un gesto de reverencia tanto para el perro como para mí. ¿También en el depósito de cadáveres seríamos con esta suavidad agasajados? ¿O en el infierno? ¿O en el seno de Abraham? En la comisaría, varios policías me pidieron un autógrafo y yo traté de complacer a los admiradores con frases de aliento y dedicatorias fraternales. Al jefe de la Brigada Criminal del 2.º Distrito, James L. McCloud, amante de la puntería, que tantas balas ha alojado en el corazón de los descarriados. Con afecto, Caín, el afilador. El jefe de la Brigada Criminal del 2.º Distrito era un pelirrojo grandullón ametrallado de pecas sonrosadas. Después de leer despacio el autógrafo que le rayé en su libreta íntima, primero miró al perro que estaba sentado entre los dos y en seguida puso sobre mí unos ojos ingenuos que despedían gozo no disimulado y me dijo:

—Gracias. De modo que es usted el famoso Caín.

—Así es.

—Encantado de conocerlo.

—Lo mismo digo, McCloud.

—Hay aquí algunos amigos que se matarían

por estrecharle la mano. ¿Me permite avisarles que está usted aquí?

—Hágalo.

—El nombre de Caín ha sido muy pronunciado estos días. Casi parece un homenaje. Quisiera preguntarle algo. ¿Se siente usted seguro en nuestra ciudad?

Le contesté que sí. Realmente no me podía quejar. Desde que se anunció por radio el asesinato de Abel yo no había tenido sino pruebas de admiración. El respeto me había rodeado. Los coleccionistas de vitaminas me habían observado con emoción, los hombres ratas me habían sonreído y en la tienda de licores del barrio yo era un héroe. Todo el mundo me cedía su puesto en la cola y los desconocidos, ya fueran sacerdotes, abogados, policías o delincuentes, me pedían autógrafos y se comportaban conmigo como se hace con los grandes artistas.

—Habrá observado que Nueva York es una ciudad amable e íntima —dijo el jefe de la Brigada Criminal—. Yo también admiro el trabajo bien hecho. ¿A qué se dedica usted además?

—Toco el saxofón en un club de jazz.

—¿Le gusta Coleman Hawkins?

—Nadie es tan grande como él.

—Eso mismo creo yo. ¡Eh, Joe! Mira quién está aquí. Es Caín. Avisa a los muchachos.

—Oiga, McCloud, ¿me permite una pregunta?

—Hágala.

—Quisiera saber qué clase de perro es éste.

—¿Se refiere usted a la raza?

—No.

—Es un perro vulgar. Un chucho callejero. Pero le aseguro que está usted en las mejores manos. Este animal es prácticamente una obra maestra —dijo el policía.

En tromba salieron de los despachos muchos inspectores para saludarme y todos alargaban hacia mí sus peludos y tatuados antebrazos con una sonrisa e incluso con una carcajada de placer. Al oír mi nombre a su espalda, otros guardias que iban por pasillos y dependencias con pistolas y carpetas dieron media vuelta a los zapatos y vinieron a rodearme llenos de celo profesional. Todos me palmeaban el cuerpo y pugnaban entre ellos por palparme más aún. ¿Acaso era yo papá Noel y lo ignoraba? No podía estrechar tantas manos como se me ofrecían ni responder a los suaves pescozones de cariño ni agradecer aquellas frases de aliento. Desde las últimas filas de la pequeña multitud que se había adensado a mi alrededor algunos policías me gritaban: Caín, haz algo por nuestras vidas, acuérdate de nosotros cuando estés en tu reino. Al escuchar este fervor, yo pensaba si no me habría convertido en el santo patrón de toda la pasma sin darme cuenta. Otros agentes se decían para sí: eh, chicos, ¿sabíais que Caín es igualmente un virtuoso del saxofón? Hay que ir a oírle esta noche. Toca en el Club de Jazz, en Soho. El perro sólo agitaba el trasero y asumía las caricias, pero daba ya señales de querer partir. Sólo había sido una visita de cumplimiento y así, de pronto, el animal impuso su voluntad. Echó al aire un par de ladridos y el corro de guardias se dividió en dos y todo el mundo guardó silencio. Siguiendo el rabo del perro abandoné la comisaría del distrito bajo los aplausos de los servidores del orden, y una vez en la calle ambos caminamos junto a la hilera de furgones aparcados con la linterna de cobalto apagada y en cuyo interior había más polizontes con el casco de faena calado listos para intervenir en cualquier fregado donde quiera que fuese. Ellos abrieron la dentadura amarilla y balancearon sus guarnecidos brazos de karatecas a través de las enrejadas ventanillas en señal de despedida. Tanta amabilidad por su parte me dejó el corazón agradecido aunque en los ojos del chucho se notaba cierta ironía o desprecio hacia esta gente. En la primera esquina había una pareja que hacía break-dance y éste era un ejercicio de expresión corporal que por lo visto al perro le gustaba mucho. Los peatones se detenían con el maletín en la mano, miraban con la boca abierta los quiebros de aquel par de negritos, luego echaban unas monedas y se largaban. En cambio, mi compañero estuvo parado ante los bailarines media hora y parecía absorto. No le distraía la música de una orquestina de metal que sonaba un poco más allá. En ella, unos muchachos rubios soplaban trombones y cuernos de caza para amenizar la comida de oficinistas desparramados con sus bocadillos por los jardines de mármol, al pie de un rascacielos. Había dejado de llover y la cúspide de los edificios la coronaba un sol tenue que dejaba caer una

113

luz matizada de otoño en el asfalto. Había bajado la temperatura y del belfo de cada ciudadano salía una nubecilla condensada de vapor. Me hubiera gustado ir a la cafetería donde trabaja Helen. Ése fue el propósito al salir del hotel. Allí me esperaban algunos amigos para celebrar mi puesta de largo como presunto asesino, pero de forma inesperada el perro me invitó a descender a la alcantarilla después de haber contemplado la danza callejera. Por veinte peldaños de una carbonera abierta en la acera bajé con mi protector a un depósito de cajas de cocacola, y a un lado había una puerta abierta que daba a un espacio en penumbra de paredes de hormigón sucio y de allí partían escaleras verticales de hierro oxidado y rampas sucesivas hacia la profundidad de un corredor que a su vez iba a parar a una cloaca. En el techo del túnel iluminado por lejanas claraboyas se veían enormes tubos de cemento y de acero roídos por la humedad, y cada minuto aquel escenario trepidaba violentamente al paso de un convoy del suburbano que ya discurría sobre mi cabeza. Diversos canalones vertían agua podrida en el cauce principal y los conductos de la calefacción dejaban escapar humo dulzón por las juntas. El perro me guió por una pasarela metálica hacia una región aún más hermética y lentamente mis ojos se iban haciendo a la oscuridad a medida que el sótano de la ciudad se acercaba al infierno. La cloaca máxima fluía por un estrato inferior pero yo vislumbraba desde arriba una extensión de sombras casi humanas engarzadas en algunas tuberías. Sus nidos estaban situados en la capa más profunda de la alcantarilla. Eran hombres rata. Había varias docenas en esa encrucijada. Dormían sobre jergones con los párpados abiertos y tenían las córneas de gelatina, que reflejaban una luz magnética. Brillaban sus miradas como luciérnagas en la noche y el perro, por un balconcillo corrido que flanqueaba la última bajada, se dirigió a la plataforma donde ellos reposaban abrazados a unas botellas llenas ya de telarañas. La cloaca máxima pasaba por allí mismo y sus lentas aguas arrastraban a varios cocodrilos blancos invidentes que iban con media cabeza fuera del detritus. Este vivero de caimanes era célebre arriba, en Nueva York. En distintas tertulias esotéricas había oído hablar de una colonia de reptiles anfibios de seis metros de longitud que crecía en los intestinos de la ciudad. Ahora, la visión se hacía presente. Los enormes cocodrilos blancos e invidentes navegaban con toda majestad por delante del perro y de mí. Aquel litoral estaba poblado de hombres rata y la única música en las tinieblas eran las cascadas de los desagües. El perro ladró y el poderoso sonido de su garganta resonó en la bóveda ínfima de Manhattan. Parte de la camada de hombres rata movió la cabeza, pero los caimanes siguieron su curso sin agitar sus petrificados párpados.

Entonces, en medio de la oscuridad alguien me tocó con la mano en la espalda y di un salto, y con acelerados latidos en el corazón me volví. Un ser de rostro color tierra, de ropa color tierra, de pelo color tierra o tal vez cubierto de ceniza y con dos brasas fosforescentes bajo las cejas me sonrió con una inocencia preternatural. A pesar de que todos los hombres rata se parecen a éste, lo reconocí al instante. Le había visto en la calle 23, muy cerca del Hotel Chelsea, mientras hozaba en las bolsas de basura a altas horas de la madrugada. También él sabía quién era yo, y en esta ocasión por primera vez me habló con una voz gangosa, imperfectamente articulada.

—Estaba seguro, hermano —exclamó.

—¿Estabas seguro?

—Nos mirabas con demasiada ansiedad allí en el asfalto. Esperaba el momento de que te decidieras a elegir este camino. Es una vía como otra hacia el paraíso.

—No sé nada. Ignoro por qué estoy aquí.

—¿Quieres echar un trago? También tengo comida para el perro. Acércate a mi casita. Ésta es mi jurisdicción. ¿Te gusta? Cuando uno somete el alma a esta profundidad se encuentra de todo. No te puedes imaginar lo que la gente echa por el lavabo. Las aguas de esta alcantarilla son como ríos de aquel oeste donde germinaban pepitas de oro. Acércate, cariño.

—Quisiera conocer el punto exacto de esta guarida. ¿Dónde me hallo en verdad?

—¿No lo sabes?

—No.

—Entonces te diré cual es tu verdadera situación ahora, hermano. Te hallas a doscientos metros bajo el nivel del asfalto, en la vertical de Park Avenue. Encima de nuestro cráneo está el vestíbulo del Waldorf Astoria. Esa cascada que se vierte en la cloaca es la recopilación de las letrinas de ese afamado hotel y a menudo caen por ella cosas maravillosas: anillos de platino, broches de esmeraldas y preservativos de la mejor calidad.

—Apenas veo nada.

—No importa. Tampoco aquí hay demasiado que ver, aunque lentamente tus ojos se irán haciendo a las tinieblas y en ese momento puede que descubras algunos fantasmas interiores. Ven conmigo y baja la voz, ya que los compañeros duermen.

—¿Cómo te llamas?

—No me acuerdo.

El hombre rata en compañía del perro me tomó del brazo y me llevó con suavidad hacia su pequeña reserva, situada en un cruce de tuberías que formaba una alta parrilla, la cual servía de asiento a un colchón de muelles atado con cuerdas como una hamaca. Por debajo discurría el último fluido del pozo negro y éste exhalaba una especie de humedad oxidada que olía a piña podrida. Por lo demás, en todo el túnel reinaba un clima tropical gracias a los conductos de la calefacción. Siempre me había subyugado la terrible figura de estos seres cuando los veía de madrugada hozar en los basureros; algo me daba a entender que la sabiduría estaba de su parte, y puesto que ahora tenía frente a mí a uno de ellos le insinué si le podía hacer algunas preguntas, y él me invitó a un trago. Me alargó una botella llena de un brebaje de fuego; guardó silencio y sonrió con ojos de gelatina. Luego, con voz gangosa y lastrada por el alcohol, me dijo que no sabía nada, que él sólo entendía de la felicidad. El hombre rata, tumbado en el jergón, dejó caer el brazo para acariciar al perro.

—Dime lo que quieras. Cualquier cosa —le supliqué.

—Tu nombre es Caín. ¿No es eso?

—Sí.

—Y vienes huyendo del desierto. Vienes huyendo detrás de un sueño. ¿Qué edad tienes?

—No lo sé. Creo que tengo 40 años, aunque a veces pienso que he vivido siempre.

—Eso es lo que ha sucedido. Y en un punto del espacio, en un instante exacto del tiempo, aún está el cuerpo joven que tú has abandonado. Rodeado de placeres, de música y de muchachas doradas en algún lugar de la tierra vives todavía el mejor momento de tu carne, pero lo has olvidado. En eso consiste la felicidad: en un perfume evaporado, en la sensación de una belleza que está en la memoria y uno ya no recuerda.

Cada minuto, el ínfimo sótano de la ciudad trepidaba al paso de los convoyes del suburbano por encima de nuestras cabezas y un ruido sordo, que crecía hasta cubrir las palabras, cruzaba y se perdía, y engarzados en las tuberías los hombres rata se estremecían. Tal vez este ser de ceniza aludía al paraíso o a la soledad.

118

¿Dónde estaría yo ahora, habitando en el grado más alto de esplendor? Allí donde el olvido fuera absoluto o la memoria no pudiera nunca penetrar. Sin embargo, yo recordaba todos los trances primordiales de mi vida, la visión de la arena calcinada, los crepúsculos rojos en el desierto, la crueldad del sol en la nuca confundido con el sentido de la culpa, la sed junto al sonido de las oraciones de mi padre, las escaramuzas con las víboras en la infancia, el sabor a leche de pitera y a carne de lagarto de los polvorientos pechos de Eva, los sacrificios en el altar. Allí no estaba el edén.

—Echa otro trago —murmuró el hombre rata.

—Contigo estoy bien. Parece que voy a alcanzar una cumbre.

—Estás en lo más profundo de la ciudad.

—Comienzo a distinguir con claridad el perfil de las cosas. Veo tu rostro nítidamente. Después de todo, éste es un lugar moderno.

—Aquí tengo algunas viandas. Abre ese zurrón. Encontrarás cuellos de pollo, residuos de yogures e incluso restos vivos de tartas y crocantis.

Quise compartir los alimentos con aquel hombre rata que yo sentía como hermano y el perro también se sumó al festín. Los tres degustábamos aquellos alimentos rescatados de los cubos de la basura, y permanecí callado, pero, en el silencio, un aroma lejano, de repente, me penetró el seso. Era el olor caliente a sésamo, anís, estiércol de camello y brea de barco que me recibió en Biblos al final de la travesía de la Media Luna Fértil con la caravana del príncipe Elfi. ¿Aquel perfume me transportaba a un espacio de felicidad? Yo podía enumerar las sensaciones que tuve entonces. El temblor por el cuerpo de Abel, el placer de la música, el ejercicio de pulso al grabar los puñales. Recordaba el día en que fui sacado de las caderas de Eva y me arrebató la pasión del viaje ante la sugestión de tierras ignoradas y feraces que el príncipe me prometía. Y luego estaban aquellas batallas y juegos con Dios, en la adolescencia, cuando acudía desde las esferas al señuelo del espantapájaros que fabriqué a su imagen y semejanza. Todo ese mundo fenecido nacía del aroma de sol y anís tostado. En cambio, la guarida del hombre rata hedía a herrumbre húmeda y a licor de pozo negro traspasado por la dulzura del detritus. ¿En qué parte de la memoria perdida anidaba la felicidad? Toda mi vida había consistido en una huida en busca del placer y, de pronto, en el séptimo sótano de la ciudad, frente a un hombre rata que compartía conmigo un cuello de pollo a oscuras, tuve la evidencia de que él era un nuevo místico que había elegido la profundidad de la cumbre y que guiado por el perro ya había llegado a una región donde la memoria de aquel paraíso perdido podía ser recuperada. En ese momento, por la cloaca máxima, casi a nuestra altura, navegaba una formación de cocodrilos blancos. Iban con la cabeza fuera y sus ojos dormidos parecían huevos de avestruz. Su paso era sumamente lechoso y no dejaba de poseer cierta elegancia. ¿Dónde se hallaba aquel punto muerto de mi existencia en el cual yo había sido feliz sin saberlo? Durante nuestro banquete sonaron en la gran alcantarilla de Manhattan algunas descargas poderosas en un canalón que desaguaba cerca de nosotros. Según el hombre rata, ése era el sumidero privado del Waldorf Astoria y había que estar atentos puesto que los más increíbles tesoros podían aparecer unidos a los excrementos reales. De hecho, toda la colonia de hombres ratas se había instalado allí por eso, y cuando las sucesivas trombas de aquella letrina exclusiva retumbaban en el espacio ellos erguían el tronco y fijaban los ojos de gelatina en la cascada, y brevemente la analizaban para ver si caía algún objeto luminoso. La máxima cosecha solía ser de preservativos, pero en días señalados la turbulencia del sumidero podía arrastrar diversas piedras preciosas que las altas damas arrojaban con displicencia en los retretes de las regias habitaciones o anillos que se habían escurrido por los lavabos. La suprema dignidad del hombre rata consistía en descubrirlos y dejarlos ir a su suerte sin que el corazón se interpusiera, aunque este ejercicio de ascética sólo estaba al alcance de aquellos que ya habían conquistado el último grado de perfección. En esta colonia había exploradores de los intestinos de la ciudad, buscadores de oro a la antigua usanza, anacoretas degustadores de nuevas percepciones del espíritu, piratas de asfalto que habían perdido toda esperanza, delincuentes cuyo rastro de sangre había desaparecido en la superficie, asesinos de renombre y otros desechos olvidados por el amor. Entre ellos había algunos que guardaban en bolsas de esparto un auténtico tesoro. Rubíes, zafiros, esmeraldas, brillantes, ópalos, aguamarinas, topacios engastados en delicadas orfebrerías de platino habían sido rescatados de las heces por el residuo de codicia que aún alentaba en ciertos habitantes de la alcantarilla. Más de un hombre rata hubiera podido montar una joyería en Madison y, no obstante, permanecía sumergido por el placer de olvidar. Mi interlocutor era uno de ellos. Junto a los cuellos de pollo, pieles de plátano y restos de tartas podridas conservaba un botín secreto de inusitado valor. Él parecía un pionero, algo así como el fundador de aquella camada donde en cierto modo había jerarquías, y sin duda este hombre rata mandaba. O, en realidad, gobernaba el sueño perenne de sus camaradas. Mientras devorábamos los manjares del subterráneo vi que se acercaba una nueva formación de cocodrilos por la cloaca máxima:

—Ya están otra vez aquí —dije.

—Déjalos en paz. Van dando vueltas al laberinto.

—Puede que sea el desfile más estético que he presenciado nunca. ¿Cómo han llegado a nuestro nivel?

—Por la ley de la gravedad —contestó el hombre rata.

»Algunas damas de alcurnia traen pequeños

recuerdos tropicales de sus vacaciones en Miami. Allí adquieren caimanes infantiles que amorosamente acunan en brazos y sacan a pasear al Central Park en cochecillos de bebé y luego dejan flotar en las bañeras de sus mansiones o apartamentos de Manhattan, pero estos animales van creciendo y llega un día en que las damas de alcurnia quedan horrorizadas ante su tamaño, si no se han aburrido con anterioridad, y entonces los meten en la taza del retrete y tiran de la cadena. Desde lo alto de los rascacielos, los caimanes se van despeñando por sucesivas tuberías y en su caída atraviesan despachos, oficinas, galerías de arte, casas de citas, comercios, salas de fiesta, almacenes, estaciones de suburbano, hasta caer en plancha sobre la última charca de la alcantarilla. Unos se despanzurran y otros se salvan. Favorecidos por el clima tropical que se desprende de los conductos de la calefacción, algunos cocodrilos comienzan a medrar. La oscuridad les vuelve ciegos y blancos debido a la carencia de luz. Entre ellos se reproducen, cada día son más numerosos y no hacen sino dar vueltas al circuito de la cloaca de forma perenne, en silencio, divididos en manadas.

—Lo mismo sucede con nosotros —dijo el interlocutor en el fondo del pozo ciego—. Algunos hemos alcanzado este interior por propia voluntad y otros han sido arrojados a él como los caimanes. Nuestras colonias subterráneas se reproducen continuamente.

—¿Existen también mujeres rata?

—Sí.

—Me gustaría conocer alguna.

—No serías capaz de distinguirla. Ni por la figura ni por la voz. Yo soy una de ellas. Tal vez.

—¿Es cierto eso?

—Sí.

—¿Hay niños rata?

—También.

—En este caso, en el séptimo sótano habrá algún tipo de mando.

—No.

—Alguna clase de organización.

—La organización es el propio sueño. En cada colonia hay un encargado de vigilar que el sueño de los demás sea respetado. En esta encrucijada de la alcantarilla, yo gobierno el letargo de mis camaradas.

El hombre rata le formuló una pregunta sin sentido al perro, algo que yo no entendí, y luego lo acarició especialmente. El perro aulló como un coyote y siguiendo un largo camino por la línea de la cloaca me llevó por un atajo del subterráneo hasta dejarme en la vertical de la calle 23 con la Octava Avenida. Allí había una salida casi directa aunque todavía tuve que trepar por diversas escaleras de hierro oxidado, recorrer rampas, pasarelas y galerías, pero la luz, que ya venía directamente del exterior, me iluminaba cada vez con más potencia el cráneo que me chorreaba de humedad. El perro me sacó a la superficie muy cerca del Hotel Chelsea y al llegar al vestíbulo él se acomodó junto a la chimenea encendida, observó los cuadros de las paredes, el águila de bronce de pico ladeado y alas de mariposa, las cabezas de mono con la boca abierta que servían de tiradores a una mesa, las patas de medusa de una escultura que había bajo el espejo, la figura cubista de una mujer en un óleo. El perro miró todo eso y bostezó, y al instante se durmió. El conserje me dijo que el casillero lo tenía atiborrado de mensajes urgentes y que el teléfono no había cesado de sonar para mí. Helen había llamado varias veces, pero en general el conserje no había escuchado sino voces histéricas de desconocidos sólo interesados en darme parabienes y en ofrecerme negocios. En la habitación encontré una cesta de flores que tenía prendida en un tallo de lirio una tarjeta con esta dedicatoria escrita a mano: Caín, deseo que un día introduzcas en mi vientre el puñal de un amor ardiendo. Estaba un poco aturdido y por la ventana caía el crepúsculo un poco lívido de otoño. ¿Qué había hecho yo durante algunas horas fugaces? Apenas recordaba nada. Eran imágenes difusas de aquella mañana en que zarpé de Biblos a bordo de un trirreme arbolado con velas color azafrán que pendían de palos y masteleros de madera de cedro. Llevaba aquella nave el vientre lleno de esclavos y la efigie del propio rey Shívoe, en el fil de roda, en la proa. Tumbado en la cama, también yo navegaba ahora esperando la hora de ir al Club, y por la frente pasaban ráfagas o fragmentos de visiones. Una muchacha rubia que había empañado con su aliento el cristal de una ventanilla del suburbano y había dejado allí una cifra enigmática. Un sacerdote irlandés, rechoncho y rubicundo, con gafas de oro, que nos había metido al Dios único y verdadero en la tripa, tanto al perro como a mí. ¿Sería cierto que me habían regalado una perla negra en Tiffany's del tamaño de un huevo de golondrina? Aquellos peludos y tatuados antebrazos de los polizontes que me querían abrazar en la comisaría se cruzaban con la sensación de los hombres ratas cuyas córneas eran de gelatina fosforescente. Echado en la cama, comencé a leer los telegramas que había recibido en mi ausencia.

Caín, te adoro.

He presenciado tu paso por la ciudad y he visto que una estrella te brillaba en la frente.

Caín, tú no eres el guardián de tu hermano.

Genio del furor, en tus manos he depositado mi ira.

Corto y lleno de tedio es el tiempo de nuestra vida, llénalo tú de olvido, de amor y de venganza.

Había un puñado de cartas perfumadas con esencia femenina, unas me daban aliento y en otras se decía que esa noche se esperaba un gran acontecimiento en el Club de Jazz. En un papel que era de color rosa y venía con un aroma de violeta, alguien me había mandado este pasaje del Génesis escrito con evidente letra de mujer: La voz de la sangre de tu hermano está clamando a mí desde la tierra. Maldito serás tú ahora sobre este mundo, el cual ha abierto su boca y ha recibido de tu mano la sangre. Errante y fugitivo vivirás sobre la tierra, pero cualquiera que dañare a Caín recibirá un daño siete veces mayor. Se esperaba un gran éxito esa noche en el Club de Jazz y me puse a templar el saxofón con los ojos cerrados.

Lo recuerdo muy bien y no puede decirse que uno estuviera genial. Sucedió que el público se me había entregado de antemano y, además, el sonido del metal eran tan cálido, tan dulce. En efecto, anoche tuve un gran éxito en el Club de Jazz. Estaban todos. Varias patrullas de la policía ocupaban las mesas al fondo del local en compañía de sus novias o esposas, rubias oxigenadas. Helen y los compinches de la cafetería habían logrado sentarse en la escalera que conduce al altillo y allí se arracimaban fanáticos colgados de las barandillas y el recinto, que había tomado una tonalidad de quisquilla, una densidad de terciopelo, ya se había empapado con el vaho de toda clase de licores. Tenía que ser una sesión especial. Salté al tabladillo e icé los brazos, con la dentadura abierta, bajo una granizada de aplausos y silbidos de beneplácito. A mi lado, Oscar Peterson se hacía al piano y tecleaba algunos compases, Herb Ellis afinaba la guitarra, Ray Brown abrazaba ya el contrabajo y Alvin Stoller se apalancaba la batería en la cruz de los muslos. ¿Quién era yo? Podía elegir entre Sonny Rollins y Coleman Hawkins. También había llegado una representación de escombros humanos que se exhibe en la calle 42 con Times Square: negros puteados, navajeros y distribuidores de mandanga al por menor, proxenetas de cuatro sexos y no sé si había en

127

las bancadas algunos jefes de sectas o pastores de distintas iglesias y también estaba el perro tumbado al pie de la tarima. El resto era gente anónima y frenética que había sido atraída por el reclamo de los pasquines, una avalancha que no amaba la música sino los hechos insólitos y desesperados, por ejemplo, ver a Caín redimido por el saxofón. En medio de aquella expectación, sólo el perro mantenía la calma y se paseaba por el salón rebosante con los párpados caídos hasta que optó por enroscarse sobre la moqueta roja y simular que dormía. Realmente, el perro parecía dormir y por mi parte yo me había preparado otra vez para soñar. Comencé a tocar *Tangerine*, y en el laberinto de la inspiración se me fue calentando la carne de los labios, y las sinuosas alteraciones de la melodía pronto se convirtieron en un incierto oleaje que me golpeaba el cuerpo como a la amura de una embarcación, pero la presencia del público me obligaba a permanecer consciente todavía. Oía tintineos de hielo en los vidrios, bisbiseo de palabras cada vez más apagadas, y también me escuchaba yo por dentro e incluso veía el mar azul que se mecía y mi corazón que flotaba en él a merced de la soledad. Después interpreté *Shine on Harvest Moon*. Al iniciar esta segunda pieza sonaron grititos de placer entre los amigos y en seguida mi memoria se puso a navegar durante la travesía de toda la balada. Todo fluía. Yo estaba sentado en cubierta, a la sombra de la vela cuadra que cernía una luz violeta, y el arcángel, o gorila, cuyo nombre era Gabriel o Varuk, adujaba diversos cabos con las piernas colgadas por la borda. La embarcación del rey Shívoe, enamorado de Abel, iba de empopada rumbo a Jaffa sin perder de vista la costa, que a babor nos ofrecía una silueta muy mineral. Habíamos zarpado del puerto de Biblos a buen son de mar, con la bodega del navío bien arranchada de esclavos, ánforas vinarias y especias orientales, además de perfumes, muestras de trabajos sobre papiro y diseños de joyería. Formaban la tripulación diez marineros fenicios procedentes de Tiro y, aparte, el reyezuelo contaba con la guardia personal, compuesta por un número no determinado de servidores que obedecían las órdenes de aquella especie de punto medio entre un antropoide y una criatura celestial. Siete días de navegada nos separaban de nuestro destino, y durante la primera mañana todo discurrió sobre aguas de dulzura que la aurora había teñido de púrpura y no hubo ningún percance. Albatros de lentas alas volaban por encima del palo mayor y Varuk guardaba silencio. Tampoco el grumete nubio subido a la cofa avistaba nada en el horizonte y yo me retorcía la memoria tratando de recordar dónde había vislumbrado aquel ser peludo y hermético que me miraba a veces con unos ojos llenos de fuego y de ironía. En el castillo de popa iba recostado en almohadones el gordito Shívoe, desnudo, degustando con lasciva lentitud granos de uva rosada, y suavemente abatido bajo sus caricias se extendía el cuerpo de Abel. Los dedos redondos y anilla-

129

dos del rey llegaban hasta su carne de caoba.

Al mediodía se levantó un poco de mar y el viento roló hacia el suroeste y hubo que disponer las velas para corregir la deriva que nos alejaba demasiado del litoral. Se vislumbraba una sucesión de montañas azules, casi transparentes, en las que el sol vertical rebotaba y sacaba cuchillos de luz. Detrás de aquella barra mineral estaba el desierto donde nací y me crié, y ahora ninguna sensación derivada del agua me hacía recordar los días perdidos de la infancia. Ni el olor marino o de brea, ni el chasquido de las olas en el casco, ni el estertor de la crujía, ni la tensión de la brisa que vibraba en el gratil de las velas me podía llevar al pasado. Eran experiencias sensitivas que acudían de un modo virginal a mis entrañas. Pero en cubierta iba enrolado un ser muy especial y éste, sin duda, pertenecía a la mitología de mi alma aunque en ese momento no lograba descifrarlo. Fue al atardecer de la primera jornada de navegación cuando la mar cayó de repente y también las telas comenzaron a flamear puesto que había cesado la última ventolina. Se produjo una larga encalmada y entonces, siendo casi de noche, la tripulación encendió las anforetas luminarias, y en la bodega los esclavos se agarraron a los gaones y cantando una especie de salmodia rítmica se pusieron a remar al compás que les marcaba un látigo de cuero de elefante. Al amparo de las constelaciones, la oscuridad era cálida y la luna menguante brillaba en el este. Sonaban las palas de los remos en el agua y la cantinela de los esclavos salía de la bodega por las fogonaduras como un rumor espeso y su cadencia parecía levítica. Así cantaba mi padre los salmos cuando era esclavo de Dios. Ahora, yo tenía apoyada la nuca, donde me habita la culpa, en la carlinga del palo mayor y de esta forma contemplaba las estrellas del Mediterráneo y trataba de interpretar su armonía según las enseñanzas que recibí de un dragomán del príncipe Elfi. La mona se me había dormido en las rodillas. Yo esperaba ver un ascua cruzar el firmamento en dirección al abismo y reconocer en ella a Luzbel, a Belcebú, a Satán, y mientras los demonios no acudían a la llamada del deseo pensaba en el cuerpo de Abel. La idea de perderlo, de recobrarlo, de conseguir sus favores y de sentirme de nuevo olvidado era un juego cruel que me llenaba de ansia. La embarcación del rey Shívoe navegaba dulcemente en la noche y las anforetas luminarias trincadas en la mesana, en la cofa y en diversos puntos de la regala llameaban o realizaban un sortilegio de sombras o fantasmas en los distintos volúmenes o figuras de cubierta. Fue entonces cuando él me miró. Reconocí sus córneas de fuego y cierto ademán de orgullo en aquel arcángel o gorila. Cruzó conmigo sus ojos de forma intensa y sonrió. También tenía dientes de oro. Hablaba con una garganta muy primitiva, pero su voz no tenía apelación. Le pregunté:

—¿Quién te ha regalado esos dientes de oro?

—Jehová —contestó—. En el día de mi santo.

—¿Eras uno de ellos?

—Sí.

—¿Un guardaespaldas?

—El primero de la corte celestial.

—¿Le dejaste?

—Me echó.

—¿Por qué?

—Yo nunca sonreía. Dios era omnipotente, pero no tenía gracia.

—¿Sabrías pronunciar mi nombre?

—Caín. Puedo decirte una cosa. Jehová a ti te quería.

—¿Más que a Abel?

—Más.

—A mí me ponía su bota de antílope en la cerviz. Me forzaba la nariz en el polvo y me obligaba a cantar salmos.

—No importa. Sólo lo hacía por divertirse. Todavía sigue siendo un niño caprichoso.

—¿Dónde compraste esiduos ese puñal?

—A orillas del Mar Muerto. En Jericó. Lleva tu marca. Lo sé. Está muy acreditada.

—¿Me ayudarás si un día te pido algo?

—¿Sabes? Antes yo podía volar. Cruzaba el espacio infinito a una velocidad endiablada. Cuando Jehová me expulsó de su reino me cortó las alas y además me castró. Ya ves.

—¿Fue una venganza sólo por no reír?

—Por no reír sus gracias Dios me sometió a la ley de la gravedad. De modo que todo lo que deba hacer por ti habrá de ser realizado en la superficie de la tierra. Te he estado observando desde el primer día. Tienes celos de Abel.

—Me estoy quemando de amor.

132

A la altura de las paletillas, en la espalda, al arcángel se le veían unos costurones que afloraban bajo el pelo y también en el entresijo de las piernas lucía la cicatriz morada de la capadura divina. Cierta tristeza pensativa le nublaba el semblante al guardaespaldas, y observando el ritmo de las constelaciones en la noche, sin que yo le forzara, el gorila comenzó a hablarme de aquel Dios antiguo mientras la embarcación se deslizaba sobre el mar en calma y nuestros rostros llameaban junto al ánima encendida que flotaba en el aceite de las anforetas. Todos los males de Jehová se debían a su omnipotencia, es decir, a su inmensa soledad. No se puede crear el universo y luego no saber qué hacer con él. O tratar de dar sentido a una obra gigantesca mediante juegos o enfados de niño. Aquel Dios estaba lleno de tedio. A veces entraba en una compulsión peligrosa y entonces el aburrimiento le hacía reventar en bostezos que formaban huracanes sobre la tierra. Perdido entre las esferas, solo en medio de un silencio de piedra pómez, Dios no se ocupaba sino de alimentar la hoguera de la propia voluntad que era insaciable y se devoraba a sí misma. Esto me contaba el jefe de la escolta del rey Shívoe, el enamorado de Abel.

—Jehová planeaba como un alcotán por el azul del desierto y una bandada de ángeles a su servicio íbamos desplegados en escuadra en torno a él para darle honra, ya que protección no necesitaba. Desde el vértice del firmamento, como el alcotán atisba los mínimos movimientos de una rata en el fondo del valle, Jehová te veía caminar con tus padres por las dunas con la lengua pegada al paladar bajo un sol terrible en busca de un oasis. Y se reía.

—¿Se reía?

—No sólo eso. Echaba grandes carcajadas que resonaban en el vacío y dirigía tu cerebro hacia la ofuscación. Le gustaba la parte más hermética del laberinto.

—Tal vez creó la vida para que fuera un enigma. ¿Existe todavía?

—¿Quién?

—Jehová, aquel fabricante de charadas.

—Existe en verdad. Pero Dios ya sólo es nuestra ignorancia. O nuestro miedo. El enigma es un precio que hay que pagar.

—Algún día, querido Varuk, voy a necesitar de tus servicios.

—Recuerda. Siempre a ras de tierra. Y con tu puñal. Debo decirte una cosa, Caín. Desde que eras un niño en el desierto te adoraba en secreto.

Todos los instrumentos sonaban a la perfección y el recinto del Club de Jazz, que tenía una atmósfera de terciopelo, absorbía cada melodía que yo creaba imaginativamente. Qué bien estaba Oscar Peterson con el piano. Cómo acariciaba el contrabajo Ray Brown. Yo hacía reinar el metal con la lengua de fuego y casi podía llegar al éxtasis al ondular el saxo en el vientre del público. En mi cerebro, el gorila había callado, pero una ligera brisa se había levantado y en la oscuridad de la mar sentía las velas batir leve-

mente los masteleros y las gavias y el coro de
esclavos aún cantaba con ritmo sincopado una
especie de salmo en la bodega y su rumor salía
por los escotillones y fogonaduras de cubierta y
ahora con el saxo no hacía sino seguir ese cántico de los remeros y al mismo tiempo roído por
los celos imaginaba el dulce cuerpo de mi hermano Abel enroscado como un felino de ojos
azules alrededor de los pies descalzos del reyezuelo, en el castillo de popa, bajo la Casiopea y
me consumía de amor. Realmente llevaba una
brasa en las sienes que palpitaba en forma de
pensamiento maligno. La travesía cayó en un
breve sueño y al final de ese sueño se inició la
aurora. En la mar oscura fuéronse posando las
primeras capas de leche con vetas ligeramente
malvas o grises y entonces, por el oriente, detrás de las montañas donde nací, comenzó a
irradiar en el firmamento un pétalo de rosa que
crecía en intensidad y el sol tierno derramó en
seguida sobre las aguas quietas su luz como
una corriente de vino. Toda la mar se tiñó de
púrpura y hendiéndola con la quilla navegaba
el bajel de Shívoe rumbo a Jaffa. Eran los tiempos del Génesis y la brisa, aquella mañana, se
levantó de tierra por babor y durante unas horas, mientras el calor se afirmaba, permaneció
constante, pero hacia el mediodía roló al suroeste hasta convertirse en un viento racheado
que engendró oleaje y penalidades en la tripulación. A media tarde volvió a encalmar, y el
resto de la navegación transcurrió suavemente
en la segunda jornada. Por el horizonte pasa-

ban lentos galeones, cadenciosos trirremes, urcas o filibotes de vez en cuando, gobernados por reyes o príncipes mercaderes que hacían trasiego entre Creta, Rodas, Chipre, Egipto, Biblos y Argos. Transportaban aceite y mosto, troncos de cedro, especias, metales preciosos y figuras de distintas divinidades cocidas en barro especial, diosas de la fertilidad de sexo inflamado y esculturas de héroes que levantaban el mundo con un falo atroz. Cada una de estas embarcaciones llevaba colores distintivos en el velamen y a gran distancia se hacían contraseñas entre ellas con espejos y se reconocían y dialogaban en épocas de paz mediante un código establecido. A la caída de esa tarde avistamos por estribor una galera con grímpola azul en lo alto del palo mayor. Con un heliógrafo nos dio los tres avisos de rigor y a continuación quiso comunicarnos un mensaje. Por diversas preguntas que nuestro patrón, el rey Shívoe, formuló, se supo que aquella nave venía de Alejandría, donde había cargado papiros y seda; en el puerto de Heraklion se había aprovisionado de una estatua de Zeus y de varias cepas de una clase privilegiada de vid y ahora iba en dirección a Biblos y luego pondría la proa hacia Delos y otras islas Cícladas. El propietario y piloto era un comerciante nubio que en su juventud se había deslizado por el Nilo hasta el mar. Después de responder a estas cuestiones triviales de identidad, debidas a simple cortesía, aquel navegante nos mandó un heliograma muy enigmático, que despertó en nosotros cierta alarma. En él nos decía que el día anterior su tripulación había visto un banco de monstruos marinos de tamaño descomunal. En apariencia tenían forma de navíos gigantes. Unos parecían fortalezas o castillos flotantes y otros adoptaban una cubierta plana donde subían y bajaban deslumbrantes pájaros de acero a suma velocidad, envueltos en un trueno que reventaba los tímpanos. No se trataba de un fenómeno extraño. La presencia de estos titanes formaba parte del acervo de leyendas de la mar y muchos eran los marineros, no exactamente ebrios ni fantasiosos, que habían vislumbrado en la calima o en medio de la niebla semejantes fantasmas. Al final de cada crucero, en los puertos de ese lado del Mediterráneo, se contaban historias acerca de estos monstruos superacuáticos y yo mismo había escuchado relatos de tal cariz en las tabernas y prostíbulos de Biblos. También durante la travesía del desierto había vislumbrado contra el sol aquellas flechas de plata que atravesaban el bruñido azul del Génesis. Eran máquinas de guerra, según se decía. Escupían fuego por los costados, derramaban hierros candentes en cuatro direcciones y creaban hongos de humo en el espacio, enormes calabazas pestilentes en cuyo interior se multiplicaban unas moscas atómicas que roían la médula de los seres humanos y animales de sangre, aunque respetaban cualquier elemento del reino vegetal. Ésa era la voz común en los burdeles. Antiguamente, yo había vivido en la soledad de la arena con Adán el llorón, con Eva la mamífera, con el dulce Abel y con Jehová, que me retaba a echar pulsos y excitaba mi individualismo contra la naturaleza. Cuando llegué al primer punto de la costa a bordo de una camella del príncipe negro muy pronto me sorprendió e incluso me fascinó el grado de excitación en que la gente se movía. Los placeres más bajos estaban al alcance de la mano, hombres y mujeres se precipitaban en ellos con voluptuosidad desordenada porque todos creían que el mundo se iba a acabar. Sin duda, esta idea terminal florecía gracias a aquellos gigantes que sembraban el terror sobre las aguas y en los lugares estratégicos de la costa, pero en los garitos de las ciudades siempre había muchos borrachos que los desafiaban con bravatas, sólo de palabra, y se burlaban de su poder como hacen algunos héroes blasfemos con los dioses. Presentí que la proximidad de la muerte solía despertar en las personas el furor de la carne y que los mortales abrían el corazón desordenadamente si estaban al borde de un acantilado.

Tal vez fue en el cuarto día de navegación cuando avistamos por la amura de estribor una de aquellas formidables escuadras en el horizonte. Cruzaba lenta y gris. Llevaba cada navío en la roda un monte de espuma y la estela que dejaba zarandeó con un gran oleaje nuestro bajel mucho tiempo después de haber desaparecido. Pero ahora estaban presentes aquellos castillos flotantes cuyas sirenas sonaban con una profundidad oscura. Le pregunté a Varuk, el arcángel peludo.

—¿Hacia dónde navegan, dime, tú que lo sabes todo?

—No van a ninguna parte. Los lleva la deriva de la historia.

—¿Cuál es su destino interior, entonces?

—Dar vueltas al laberinto sin parar nunca. Sólo están ahí para ser temidos y admirados. ¿Qué hace en este momento nuestro gordito y amado rey Shívoe? ¿Lo distingues desde aquí?

—Está contemplando, como nosotros, el paso de la escuadra de guerra recostado en el castillo de popa y mientras tanto acaricia el cuello de Abel.

—Aunque trate de sonreír y guste de los sentidos su alma no despide más que pánico.

—Abel pone los ojos en blanco.

—No importa. Los gigantes de la guerra han conseguido su propósito —dijo Varuk—. Nuestro pequeño rey desembarcará en Jaffa y no podrá sacudirse el terror hasta llegar a Jericó, donde gobierna un poderoso oasis. La marinería se desparramará por los burdeles del primer puerto y allí todos contarán la fastuosa visión que han tenido y el miedo se hará líquido en las piernas de los oyentes y su imaginación acrecentará el volumen de los titanes y la falta de esperanza hará invencible su poder. Los navegantes abrazados a las rameras entonarán cánticos para reclamar el perdón y de boca en boca se extenderá el rumor de un peligro definitivo e inminente y éste hará que se desborde la sensualidad y la fantasía. La escuadra ya se ha esfumado por barlovento. No existe, querido

Caín. Sólo habita en tu cerebro. ¿Esto no te recuerda nada?

—Me recuerda las apariciones que el ínclito Jehová realizaba en el desierto —respondí, y Varuk sonrió con cierta malicia. Sobre la arena o sobre el agua, ambas infinitas, el juego del poder es el mismo. Forma una apariencia. Su fuerza nunca sería real sin nuestra debilidad.

Enrolado en el séquito como flautista del rey Shívoe navegué a bordo de un bajel por el fondo de saco del Mediterráneo, donde había augurios de guerra, y después de varios días de crucero los torreones cuadrangulares de la ciudad de Jaffa, cuyos sillares tenían el color de la corteza de pan, comenzaron a romper la monotonía de la costa y ante mis ojos fascinados brillaron aquellas almenas que vertían destellos de oro en el azul del mar. Hubo que sortear algunos bajos hasta llegar a puerto, y al alcanzar la bocana descubrí sobre el dique una formación de heraldos con trompetas que estaban allí alineados para recibirnos, y también había otros pajes que enarbolaban pendones y gallardetes. En el malecón nos esperaban reatas de camellos y pollinos junto a los gerifaltes del lugar, adornados con recamadas vestiduras. La nave sin viento fue entrando a compás de los remos bajo el son del látigo que restallaba en la bodega, y mientras la tripulación ultimaba la faena de atraque sonaron los timbales e instrumentos de plata puestos en batería. Reinaba el silencio de mediodía. Aquella gente era aliada del rey Shívoe o tal vez le debía vasallaje o le rendía tributo, el caso es que nuestro gordito y feliz soberano, después de haber tomado las aguas famosas del balneario de Biblos, sin dejar de hacer algunos negocios, desembarcaba ahora en Jaffa y llevaba como primer mancebo de su corte a mi hermano Abel, de cuya hermosura se había prendado. Lo había arrebatado a mi corazón, dejándolo lacerado de melancolía.

Cuando el barco estuvo amarrado de popa con barbas de gato, echaron la escala y el rey Shívoe bajó a tierra para cumplimentar y ser cumplimentado por los representantes de la ciudad. Aproveché ese momento del protocolo que se efectuaba en la explanada del puerto, al pie de la muralla, y entré en el camarote regio donde Abel permanecía desvanecido, por el encanto de sí mismo entre almohadones. Elevó una mirada azul y, al verme, jugó brevemente con el amuleto que colgaba en su pecho y sonrió con dulzura. Me acerqué a él y quise acariciarlo temblando, y él apartó mi mano sin demasiada energía. Le renové las protestas de amor, le dije que los celos me roían, le supliqué con lágrimas en los ojos que no me dejara y, ya que había conseguido los favores de un rey veleidoso y lleno de poder, que respondiera si aún me amaba en secreto. Abel nada respondió a esto, pero, a su vez, lleno de mimo, me preguntó de pronto:

—¿Dónde guardas las joyas?

—Las llevo siempre conmigo aquí, en una pequeña bolsa de cuero. Forman parte de mi sexo. ¿Acaso deseas realizar aquel sueño otra vez?

—Sólo quiero saber si alguna de esas piedras preciosas me pertenece.

—Tanto como mi cuerpo —exclamé.

—Ha sido ésa la única herencia que sacaron del paraíso nuestros padres. Ese tesoro es su memoria que nos reduce al pasado. Me gustaría verlo de nuevo.

—Verlo o descubrirlo.

—Así es.

—El rey tardará en llegar. ¿Oyes las trompetas? Junto a la puerta principal de la ciudad, al pie de la muralla, el rey va a celebrar una larga ceremonia de bienvenida a la que seguirá un banquete. Tenemos un tiempo para el amor. ¿Quieres volver a iniciar aquel camino?

—Sí —dijo Abel.

Sonaban las trompetas en la explanada y los vítores se introducían por la escotilla hasta el camarote real, y yo tenía una bolsa de cuero atada con un cordón de seda en la ingle derecha, bajo la tela de lino.

—Échate.

—¿Qué va a hacer mi querido hermanito?

—Voy a explorar una mina abandonada. ¿Te acuerdas de aquella tarde en el nido de ametralladoras?

En el bajel sólo quedaba un retén de marineros que limpiaban la cubierta, la mona que gritaba colgada del rabo en lo alto del trinquete y nadie más. Todos los esclavos habían sido desembarcados. En el silencio del bajel atracado, mi hermano me amaba como en el desierto, con mano suave iba en busca de un tesoro a lo largo

142

de mi cuerpo y cuando su deseo rindió viaje entonces Abel ejecutó el acto de mayor lascivia. Con suspiros acarició la bolsa de las joyas, las estrujó entre sus dedos y derramó esmeraldas, rubíes y zafiros alrededor de nuestra carne. En ese momento se abrió la puerta del aposento real. Perfilada en el vano apareció la figura de Varuk. El arcángel quedó pasmado al descubrir que había un tesoro en el suelo, múltiples joyas que aún saltaban como si estuvieran vivas. Se acercó al tálamo de almohadones donde Abel y yo habíamos interrumpido unas nupcias y muy inquieto nos ayudó a recoger nuestro secreto botín.

—¿De quién son?

—Mías —exclamó Abel.

—¿Es cierto eso?

—Sí —dije yo—. Son suyas.

—¿También estos dientes de oro?

—Pertenecían a Adán.

Aquellos dientes de oro eran idénticos a los que el gorila lucía en la boca. Cuando las joyas y metales estuvieron reunidos en la bolsa, Varuk dudó un instante y luego se la entregó a Abel, el cual la recibió mientras me miraba con una malicia envenenada que me perturbó. Cómo jugaba conmigo aquella criatura de tan dulce belleza. Qué fuego engendraba en mis entrañas. Sin darme cuenta acababa de regalar la herencia de mis padres, siendo yo el primogénito, a cambio de las caricias de un segundón. Pero Varuk había llegado para decirnos que el rey Shívoe reclamaba a Abel en el banquete. Y a mí también. Al oír esto, mi hermano me miró de nuevo, ahora con labios sonrientes, y eso volvió a llenar mi corazón de alborozo. Realmente, yo estaba en sus manos. Varuk lo sabía.

—Caín, no olvides la flauta.

—Lo sé.

—Puedes regenerarte si creas una nueva melodía.

Quise llevar también a la mona conmigo. Crucé la explanada del puerto de Jaffa y allí, como en Biblos, los buhoneros, mendigos, saltimbanquis y navegantes se unían con el trasiego de mercancías que movían los esclavos hasta la jurisdicción de los estibadores. El festín en honor a nuestro gordito y feliz soberano se celebraba en una gran jaima montada en el lado norte de la muralla, en medio de un huerto de higueras, cipreses, magnolios, palmeras y sonido de una fuente en la sombra. La tela de la carpa cernía en el recinto una luz de tonalidad caliente y ésta envolvía a un centenar de invitados que estaban echados o sentados en el aspa de sus piernas sobre alfombras y almadraques, en torno a las labradas bandejas donde fulgían recentales asados entre teteras y jarras de vino. Cuando entró Abel en la jaima se produjo un gran silencio debido a que su hermosura dejó prendada de repente y enmudecida a aquella gente principal de Jaffa con sólo cruzar la breve distancia hasta el calcañar del rey Shívoe, donde mi hermano se postró y quedó ovillado como un gato. Yo no osé transgredir el primer círculo de la entrada. Allí comían guardianes, escoltas,

144

sicarios y sayones. Dejando la mona a mi diestra, me acomodé junto a Varuk, el cual me presentó aquel cotarro de guardaespaldas. Todos conocían mi nombre gracias a la marca del puñal que usaban, pero el gorila dijo que yo era flautista y esto sorprendió mucho a la concurrencia. Aquellos tipos lucían en la cadera diversos alfanjes, cuchillos y otros hierros con mis iniciales inscritas, y para alagarme comenzaron a ensalzar la calidad de tales armas y el rigor con que penetraban en la carne del contrario. Las habían adquirido en distintos puntos de la geografía y al parecer carecían de rival. Les agradecí los elogios y luego me dispuse a escuchar sus comentarios acerca de los cataclismos que se avecinaban y las noticias que habían traído los navíos sobre una guerra inminente. Los rumores más aciagos se habían extendido por las islas del Mediterráneo y también por la costa que linda con el desierto, pero los malos presagios no ahorraban el apetito. Al contrario, lo excitaban. Después del cordero asado hubo requesón con miel, dátiles de Libia, dulces de leche con canela y mazapanes de anís. Múltiples y felices regüeldos se extasiaban sobre las cúpulas de las teteras hirvientes y, mientras saboreaban exquisitos manjares, los comensales no cesaban de hablar de aquellos titanes acuáticos que venían a sembrar la muerte o la destrucción. En ese momento, un criado se acercó a soplarme un recado en el oído. Volví el rostro. Descubrí que Abel se preparaba para danzar. El criado me dijo que el rey esperaba de mí que amenizara el final del banquete con la flauta. Fue una creación personal a instancias de la inspiración. Abel lucía una sucinta tela de lino a modo de faldellín que le cubría el sexo y la bolsa de las joyas. El resto del cuerpo estaba desnudo y recién arañado por mi amor. Yo quería enhebrar una melodía que diera la sensación de infinita arena ondulada y, a la vez, que el sonido tuviera un carácter de reptil o de algo pérfido que atravesara los difusos senos de la memoria. Inicié unos compases marcando el ritmo y Abel se puso a bailar, y la luz de la jaima filtraba sobre su piel de caoba el último resplandor de la tarde.

Había en el Club de Jazz el mismo grado de luz, no fabricada por el sol de Jaffa, sino por los reflejos de los licores en los vidrios y el local también se encontraba lleno de compinches. Policías o sicarios ocupaban varias mesas, representantes de órdenes religiosas o sectas del más allá se alineaban en las bancadas laterales, por las barandillas caían racimos de delincuentes comunes, proxenetas, navajeros, personajes ungidos y gente del hampa. Helen y los amigos se habían sentado en la escalera que conduce al altillo y en medio de un revuelto de prohombres y desechos urbanos, rodeado del cariño de todos, me encontraba solo tocando el saxofón, y Abel no bailaba, puesto que tal vez había muerto. Un perro dormía al pie de la tarima. Con el instrumento yo sacaba una lengua de fuego que iba reptando entre las mesas y visitaba el vien-

146

tre de la clientela. Soplaba el saxofón para los amigos y mientras tanto pensaba en la felicidad. Sabía que a través de una sensación oscura podría alcanzar aquella costa donde mi cuerpo permanecía intacto. Tienes que saber, hermano, que en un punto del espacio, en un instante del tiempo, tu vida permanece detenida o congelada como un fragmento de belleza, y uno puede elegir de toda su existencia ese momento dorado para convertirlo en una aspiración o en un sueño. El hilo de la música me conducía hacia el pasado, y desde el Club de Jazz, situado en una esquina de Soho, vivía otra vez con vibraciones exactas aquellos felices días perdidos. Me concentraba en el cero del testuz y por él me deslizaba y me iba. Bajo la inspiración de la música, anoche la memoria era una corriente subterránea que había llenado un profundo acuífero donde caían bengalas. De repente, aquella cavidad quedaba iluminada durante una fracción de segundo y en el interior de sucesivos relámpagos yo me veía deslumbrado en el desierto, detrás de las figuras de Adán y Eva, en compañía de una cabra o cabalgando en un camello por el arco de la Media Luna Fértil o amando a Abel en un nido de ametralladoras o cegado por la explosión de una mina que se llevó a mi padre por los aires o echando un pulso con Jehová con los codos en el altar del sacrificio o acuchillando a una pantera negra y esmeralda de un modo levítico o grabando puñales en Biblos o retozando en los prostíbulos de esta misma ciudad o navegando en el bajel de Shívoe o remontando desde Jaffa el pedregal de Judea hasta llegar a Jericó a lomos de un pollino reacio. Se sucedían instantáneas de mi estancia a orillas del Mar Muerto, de las travesías que hice como guía de caravanas por el valle del Jordán, con paradas rituales en Betel, Siquem y Megiddo, y aquel verano en que visité el palacio de Cnosos, en Creta, y las sagradas piedras de Menfis. No sólo era el tiempo el que transcurría o el espacio el que se extendía en mi memoria. También había secuelas en los sentidos: residuos de placeres, odios, terrores, deseos, amores y tedios que habían dejado una grieta en mi carne. ¿Cuándo había sido más feliz? Yo había sido más feliz en un momento del que no recordaba nada, aunque hubiera marcado mi alma con una huella. La dicha consiste en esa sensación de no haber vivido. Bajo el imperio de una melodía de carbón y el fragor de los aplausos, yo contemplaba desde fuera la imagen de mi cuerpo por las calles de Manhattan. Andaba abrazado a una bolsa de botellas de whisky y en los bolsillos llevaba zanahorias y frascos con minerales y toda mi aspiración era convertirme en un buen músico. ¿Tenía algo que ver esta ciudad con aquella silueta que mi madre vislumbraba en el fondo de un lago transparente en tiempos de Jehová? ¿Esta melodía sería la misma que en las noches del edén Eva escuchaba en soledad y que se debía a maderas y metales desconocidos? Recuerdo la primera vez que oí pronunciar el nombre de Nueva York. Fue en una playa de sal, a orillas del Mar Muerto. Caían bombas. Un soldado me dijo:

—¿Sabes, muchacho? Allá por donde se pone el sol existe un reino que desbordaría tu imaginación si habitaras en él.

—¿Me hablas de un nuevo paraíso?

—Sí.

—He visto ya demasiados paraísos en la tierra —le contesté—. En realidad soy un especialista en ese tipo de jardinería.

—Allí no existen jardines. Todas las flores son de sangre y las rosas se abren bajo tierra y exhalan un perfume negro a través de las alcantarillas.

—¿Y también se cultiva el amor en aquel paraje?

—En Nueva York, el amor se consume en la punta de todos los cigarrillos.

—Has dicho Nueva York.

—Sí.

—Es el sonido más hermoso que he oído en mucho tiempo. ¿Qué se puede hacer allí?

—Vestirse de pavo real, introducir el alma en un helado de fresa, asesinar a un semejante por disciplina o placer, crear música, morder las pantorrillas a una princesa, ponerse unas zapatillas y correr por el culo de saco de la historia, tomar vitaminas, contemplar el desfile de mutantes por la Quinta Avenida, inventar cada día un nuevo deseo de vivir, olvidarse del cielo, investigar en cualquier clase de soledad.

—Podría ser fascinante. ¿Debo pagar algo para viajar hasta ese reino?

—Sólo hay que rellenar un breve formulario con tus aspiraciones. Cuanto más inasequibles sean éstas con mayor rapidez te darán el visado.

—Me llamo Caín.

—No bromees, muchacho —exclamó el soldado—. ¿Eres Caín, el auténtico?

—Así es. ¿Te parece extraordinario?

—Siempre es agradable tropezarse con un famoso. Si es verdad que eres Caín, entonces, amigo, Nueva York es tu sitio. En esa ciudad se venera mucho a los héroes.

—Soy flautista. ¿Qué clase de música suena allí?

La música que sonaba en Nueva York era la mía y salía de mi alma en el Club de Jazz, y mientras tocaba el saxofón me imaginaba caminando por las calles bajo la cascada de los neones, en medio de una corriente de hormigas inmortales. Los taxistas sacaban el brazo por la ventanilla y señalaban mi figura a sus clientes, la gente volvía la cara al cruzarse conmigo en la acera, los tipos más humildes me abrazaban y me llamaban hermano. Recuerdo el día en que llegué a este lugar. En el avión, la azafata me había dado a masticar un chicle poco antes de tomar tierra en el aeropuerto Kennedy y dentro del rugido de los motores yo percibía el lejano aullido de aquel chacal que en las tinieblas de la noche, durante la infancia, con su garganta me auguró el futuro: alas te voy a dar, Caín, y con ellas el mar infinito y otros continentes podrás sobrevolar sin fatiga. Al son de la flauta llevarás mi mensaje por todo el mundo.

Muchachas de trenza dorada te cubrirán de rosas en los banquetes y, aunque mueras, serás inmortal. El avión aterrizó y yo invadí el asfalto con una bolsa de cuero al hombro una tarde que llovía. Los colores licuados de las vallas me chorreaban por la frente y llevado a ciegas fui a caer en un hotel aciago en la esquina de la 42 con la Octava Avenida, junto a la estación de autobuses. El primer otoño neoyorkino viví gracias a la dentadura de oro que arranqué de la boca de mi padre difunto en el desierto. La malvendí a un negro jamaicano por 500 dólares y éste la corrió por algunas tiendas de orfebres judíos hasta que encontró a un joyero libanés que supo apreciar el trabajo e incluso descubrió que la montura era misteriosa y pagó por las siete piezas dos mil pavos. A partir de ahí le perdí la pista a la prótesis de Adán, pero el negro Louis me obsequió con un reloj y desde entonces se convirtió en mi muy amado amigo. Hoy, la dentadura se conserva en una urna del museo antropológico o se ha esfumado en infinitas transacciones y el negro Louis está sepultado en el cementerio de Harlem a causa de una reyerta por vender falso alpiste para los canarios. De él heredé un saxofón de quinta mano, un magnífico instrumento donde sopló gente muy distinguida que en su mayoría cayó derribada por la vida antes de triunfar en algo que no fuera el alcohol, aunque hubo un propietario de aquel saxo que llegó a tocar con Benny Goodman. ¿Por qué acuden ahora estos despojos a mi memoria? Recién llegado al paraíso de Nueva York, yo no tenía más que alargar el brazo en aquella esquina caliente y cualquier húmedo placer se hallaba a mi disposición. Al final del brazo siempre había una cosecha de vulvas, falos, hierbas, sueños, navajas, y yo me movía con elegancia en medio de un maravilloso e inagotable estercolero. Las primeras alabanzas que recibí de aquella muchacha fueron debidas a mi forma de caminar. Yo andaba como una pantera ya que bajo mis pies se ondulaban tres mil años de arena dorada. No resulta extraño que con esta clase de movimientos felinos me abriera camino fácilmente en el nuevo edén. Una empresa de limpiezas me contrató en seguida para fregar retretes y urinarios públicos. Toda la filosofía que sé la aprendí leyendo los pensamientos grabados con excrementos en las tapas de los lavabos y en las paredes de las letrinas. Entre el caudal de tanta sabiduría aún conservo en la mente un aforismo sagrado que estaba escrito a la altura de los ojos en el water de la Corte de Justicia.

Tu propio yo es tu Caín que asesina a Abel.
Si no has visto al diablo, mira a tu propio yo.
Sólo el yo arde en el infierno.

La contrata de mi empresa incluía la labor de desinfectar los lavabos de todas las sedes de los tribunales de Manhattan. Después de cada sentencia, los jueces solían evacuar el vientre. Fiscales y abogados hacían sus tratos echando naipes en las cabezas de los reos y luego bajaban a

152

los retretes donde, por encima de las tazas, dialogaban amigablemente e incluso llegaban a ciertas conclusiones. Una vez al mes, yo era el encargado de desatrancar aquellos sumideros de la justicia al mando de un comando negro. Una mañana de mi primer otoño en Nueva York iba yo por el gran pasillo del Juzgado Central armado con una escobilla eléctrica y un tambor de detergente en dirección al sótano y por allí cruzaban agentes, auxiliares, tipos aperreados por la vida, magistrados, delincuentes esposados, procuradores, ajusticiados inocentes, delatores y bedeles que arreaban carretillas de legajos, y también pasaban policías cuya cadera se veía cuajada de hierros. Yo caminaba y silbaba con la visera levantada, y de una estancia repleta de sumarios salió aquella muchacha con un vaso de papel lleno de café. Casi tropezó conmigo y sin mirarme a la cara me pidió fuego de forma mecánica. Dejé la impedimenta en el suelo y mientras buscaba el mechero hasta el último bolsillo ella dijo:

—Perdona la molestia.

—No tiene importancia. Es un placer —contesté—. No soy más que un inspector de retretes, pero tengo la mejor llama para ti.

—Gracias.

—No hay de qué. Sólo es un cigarrillo.

—Perdón. ¿Te parece poco?

—Realmente, un cigarrillo no es nada.

—Gracias.

La muchacha me vio partir a lo largo del corredor y probablemente la seduje de espaldas por mi forma de andar apanterada. De hecho, esa mañana fregué los retretes y urinarios del Juzgado Central, donde no había más hedor que el de costumbre, y realicé esta labor a conciencia, canturreando las primeras baladas neoyorquinas que había aprendido. Ante la puerta cerrada de los lavabos se agolpaban muchos hombres de leyes. Querían drenar el cuerpo y desde el interior yo les gritaba: calma, chicos, un poco de calma, vayan a impartir justicia mientras echo amoniaco a este estercolero, todavía pueden ustedes condenar a alguien durante cinco minutos. Cuando hube terminado el trabajo, abrí la cerradura y todo el mundo del Derecho entró en tromba a ocupar las tazas, y yo volví mis pasos por el mismo camino con la escobilla eléctrica y el tambor de detergente vacío, y al llegar a aquel punto del corredor la muchacha salió de nuevo de la estancia llena de legajos y me abordó con gran desparpajo.

—Hola, muñeco —me dijo—. ¿Te importaría darme fuego otra vez?

—Por favor —exclamé riendo.

—Gracias.

—Nada, hermosa.

—Perdona que insista. Gracias.

—Sólo es un cigarrillo.

—¿Nunca te han dicho que caminas como una pantera de Somalia?

Esta secretaria de juzgado que olía a una mezcla de arroz con leche y papel timbrado fue mi primera novia en Nueva York. Estuve viviendo con ella unos meses en una buhardilla o carbonera de Tribeca, junto al barrio chino, y allí el corazón se me hizo a gozar de una mujer rubia y mi estómago se acostumbró a comer queso con apio y helados de sabores sintéticos. ¿Cómo se llamaba? En este instante no me acuerdo de su nombre, pero no he olvidado su carne de nácar, la peca en el glúteo izquierdo y aquellas manos tal vez demasiado blandas que de día cebaban un ordenador y de noche me acariciaban sin detenerse nunca. Se llamaba Dorothy. Eso es. Ahora acaba de llegar la paloma a mi memoria. Sin duda se llama Dorothy todavía, aunque hace tres años que ha desaparecido de mi vida. Cada mañana ella dejaba preparados dos platos de avena, uno para mí y otro para el gato. De pronto, al amanecer, parecía que en la carbonera sonaba un disparo y ella saltaba de la cama, enchufaba la televisión y comenzaba a hacer gimnasia siguiendo los movimientos que un galán le marcaba desde la pantalla. Luego aullaba bajo la ducha, abría puertas, golpeaba armarios, calentaba cacharros en la cocina, tragaba varias píldoras, se vestía compulsivamente, bebía un café, preparaba la avena para el gato y para mí, salía de casa y en el rellano se pasaba el último viaje de cepillo por la cabellera, acababa de pintarse la boca en el montacargas, se ajustaba las medias antes de transgredir el portal, taconeaba la acera con fiereza hasta la parada del autobús y éste la llevaba al pie de un enorme edificio gris, estilo hormigón felices años veinte, en la Cuarta Avenida, y allí ponía las dulces posaderas, que eran mías, ante una gran maquinaria electrónica. Su misión en este mundo consistía en alimentar desde aquella estancia de los sumarios un ordenador macho, que tragaba y luego escupía los antecedentes penales de cualquier ciudadano de Nueva York con sólo apretar un botón. Mientras ella hilaba este maldito embrollo con infinitos cables, yo me pasaba todo el día en su cama, tomaba la avena en compañía del gato, me rascaba los riñones bajo el pijama, bostezando, dormitaba otro rato, comía queso con apio, veía concursos por televisión y a las cinco de la tarde ella regresaba y yo la esperaba dentro de las sábanas. Dorothy se había enamorado por mi forma de andar, pero yo no recuerdo estar junto a ella sino tumbado siempre y machacándola con el hacha de la pelvis. Una noche, en medio de la brega, se lo dije:

—Puesto que trabajas con una computadora de antecedentes penales, pincha mi nombre a ver qué sale.

—Ya lo he hecho —contestó la chica.

—¿Y qué?

—He pulsado la palabra Caín en las teclas y no aparece nada. Estás limpio, cariño. No tienes ninguna historia.

—¡Humm...!

—¿Acaso hiere eso tu vanidad?

Dorothy, la de la peca en el glúteo izquierdo, me había retirado de la circulación, así que durante un tiempo experimenté increíbles placeres de chulo. En realidad, ella jugaba todos los días con dos máquinas: a una la cebaba con datos culpables y a la otra, que era yo, la alimentaba de amor o deseo, pero a veces también podía suceder al contrario. ¿No sería yo el recipiente donde aquella muñeca vertía sus traumas y mi alma los asumía para transformarlos en pecado? Por otra parte, el ordenador del Juzgado Central me parecía un ente matemático tan inocente como las propias leyes de la naturaleza, en cuyo reino había sido introducido por los últimos avances de la informática. En esa época comía a expensas de la chica, practicaba con el saxofón sentado en el borde de la cama deshecha y de noche la picaba. Ella me presentó a un tal Jeremías Cohen, el cual conocía a un tipo de la radio, y éste me llevó a la trastienda de un garito de música y allí me soltó. En ese sótano funcionaba un grupo de aficionados a la astrología y a hacer ruido con instrumentos variados. Había gente rara en aquel pozo. Unos formulaban consultas a los espíritus y otros tocaban el clarinete, y bajo el sonido de unos trombones varias pitonisas echaban las cartas. Aquellos tipos formaban una especie de secta esotérica y todos se reunían al atardecer porque tenían la percepción de que un emisario estaba a punto de llegar para llevárselos a Ganímedes. Realmente habían alquilado aquel antro como sala de espera, apeadero o pista de despegue. Creían que, de un momento a otro, un extraterrestre podía llegar por arriba o por abajo y transformarlos en felices psiconautas hacia un planeta donde funcionaba una floreada sociedad de ángeles nuevos. Este mundo es un melón cebado con dinamita que está a punto de estallar, pero el enviado de las esferas venía con el encargo de rescatar a los ciudadanos más dulces, arrebatarlos en un carro de fuego y conducirlos a un lugar incontaminado del universo para fundar allí un reino de peregrinos que sólo soñaran con ser olvidados. Cuando entré por primera vez en aquel recinto me pareció un andén lleno de pasajeros sentados, muchos de ellos con pinta de pirados, que mostraban una extraña esperanza en los ojos. Había un joven con levitón y peluca empolvada igual que la del juez del condado de Chester, un ciego que tocaba el fagot, un anciano de ojos azules, que aún no había perdido la pureza de la niñez, vestido con túnica romana y una sopera de metal en la cabeza, algunas mujeres maduras con el rímel corrido y la boca pintada en forma de corazón, un género varado cuya imaginación la incendia el horóscopo o el tarot. Apenas había bajado al sótano del brazo de aquel tipo de la radio, un ser que guardaba la puerta me dijo:

—Has llegado a tiempo, cofrade. El extraterrestre está a punto de acudir en nuestro auxilio con un colchón flotante. ¿Qué instrumento tocas?

—El saxofón —contesté.

—Siéntate en el suelo. Haz música y espera.

El salón estaba abarrotado. Barría el espacio una linterna roja que daba vueltas en el techo a modo de faro y las ráfagas iluminaban diversos bancos y mesas donde las pitonisas sorteaban el pasaje hacia el más allá con el caballo de oros. Me acomodé al lado de una chica de cara pálida, lavada con lejía y estropajo, que le habían dejado el cuerpo astral en carne viva. Se hacía llamar Blancanieves y andaba ya medio colgada y veía el emisario en todas partes, descubría la señal convenida en cualquier gesto que no fuera rutinario. Según ella, un conductor de autobús de la línea 87, que pasa por Times Square, era extraterrestre; un dependiente de la tercera planta de los grandes almacenes Marston, situados en la Sexta Avenida, era extraterrestre; varios representantes del Congreso eran extraterrestres; una chica mulata llamada Helen, que trabajaba en una cafetería de la 53 con Madison, era extraterrestre. Ellos se encontraban ya entre nosotros y sólo esperaban una prueba de amor para cerrar el círculo. Mientras tanto, en aquel antro sonaban toda clase de instrumentos, se cuchicheaban noticias fabulosas y se interrogaba a los espíritus en voz alta. Daba la sensación de que alguien había reclutado a esta pandilla de alucinados en la calle con un detector magnético y la había rescatado para el juego de la percepción. Una madama se paseaba entre los grupos e iba colgando a su antojo una guirnalda de mirto en el cuello de los reunidos para que sirviera de contraseña; les adornaba con flores las orejas, la barba y la cabellera, y los preparaba así para un largo vuelo. A los más íntimos los tenía agrupados bajo un loro disecado en la pared y estos neófitos ponían la cabeza ladeada y los ojos desvariados por una felicidad de retablo bizantino. Les echaba las cartas y les hablaba del valle de los dinosaurios, de la telepatía, de las sociedades herméticas, de los cenotes herméticos de los mayas, de la pirámide de Cholula, del candelabro de los Andes, del niño gacela del Sahara, del misterio de la cobra de los sarcófagos egipcios, de la ciencia segregada por la anemia junto al templo del Mono en la India. Por un instante, la madama cesó de hablar y con manos anilladas y huesudas buscó las pastillas para los nervios en una cajita de plata, y entonces me echó encima una profunda mirada que no apartó hasta que sonreí. Ella quedó muy sorprendida y vi que entraba en una suerte de excitación convulsa cuando el chico de la radio se acercó a hacerle una confidencia al oído. La madama ingirió unas tabletas y luego levantó los brazos, y a gritos reclamó silencio, cosa que no consiguió, pero en medio del estruendo de la música que cada uno improvisaba y de las voces acerca del otro mundo que todos emitían ella comenzó a clamar buscando interlocutores:

—Eh amigos, amigos, callad. Escuchadme. Voy a daros una noticia extraordinaria. ¿Sabéis quién está entre nosotros? No seríais capaces de adivinarlo nunca. Un personaje de excepción recién llegado del desierto acaba de hacerse socio de nuestro club.

—¿De que estás hablando, querida? —preguntaban algunos.

—Mirad, mirad a este magnífico muchacho de ojos verdes. ¿No descubrís la señal que lleva en la frente? ¿No os recuerda nada eso? ¡Es Caín!

—¿Es el emisario que estábamos esperando?

—Ven, hermoso —exclamó la madama—. Levántate para que todos te veamos. ¿Cómo te llamas?

—Caín es mi nombre —respondí.

—¿Habéis oído, hermanos?

Sin embargo, los trombones, clarinetes y trompetas no habían cesado y muchos viajeros de aquel andén abarrotado no estaban atentos a esta conversación, pero el joven de la peluca y el viejo de ojos azules, adornado con túnica y casco, se acercaron a felicitarme, algunos músicos de la orquestina me abrazaron y la chica de la cara lavada con lejía, que estaba a mi lado, me preguntó:

—¿Eres tú el verdadero Caín?

—Me temo que sí —contesté.

—Todos hemos sido algo importante en alguna vida anterior. Yo fui hetaira en tiempos de Pericles, monja medieval en un convento de Siena, amante de un cardenal renacentista en Roma y cortesana en Versalles. También he sido bucanero en el Caribe.

—¿Y ahora qué eres?

—Trabajo en una cafetería-restaurante. Sirvo huevos fritos con jamón y tartitas con sirope en el desayuno, pizzas y hamburguesas al mediodía y pasteles variados a la hora de la merienda. Y de noche vengo aquí. Estoy esperando que el emisario me lleve a Ganimedes. ¿Eres tú el verdadero Caín?

161

—Creo que sí, y no he vivido más que una sola vida multiplicada por los sueños. Soy Caín, ¿tú cómo te llamas?

—Blancanieves.

Algunos músicos rogaron que subiera al pequeño estrado para sumarme a la orquestina improvisada que amenizaba la esperanza de aquellos seres. Fue mi primera actuación en público. Puestos en pie, los nuevos compañeros me recibieron con un aplauso y el ciego del fagot volvió sus córneas de almeja hacia mí y en una mano tenía el instrumento y con la otra me tentó el rostro hasta que la yema del índice tropezó con el cero que llevo entre las cejas.

—Sin duda eres Caín.

—Sí.

—Amigos, vamos a celebrarlo —gritó el ciego.

Entonces comenzó a sonar la fanfarria, y yo me incorporé con el saxofón, y bajo la música una clientela de ardientes visionarios echaba cartas astrales, se leía las rayas de la palma, se escrutaba el iris de los ojos, hacía horóscopos, consultaba el loro disecado en la pared; enormes abuelas de rímel corrido, sujetos acicalados con capas, plumas de faisán, cascos o soperas de alpaca en la cabeza querían volar, y para eso no dejaban quietos los brazos. Se entrelazaban, se besaban, suspiraban y la orquestina tocaba una balada campestre mientras tanto. La madama quería prohijarme y tenía flores preparadas para mi pelo y un catre en su casa, pero Blancanieves fue una compañera extraña, casi transparente, de una dulzura exquisita.

162

Con ella recorrí algunos paraísos de Nueva York y me inicié en la comida macrobiótica. Hubo un tiempo en que íbamos cogidos de la mano a buscar rayos de sol en el Central Park. Blancanieves me guiaba por ese camino. Comíamos zanahorias y vitaminas. Ella se movía alrededor de mí como una bailarina y me hablaba de los espíritus que iban a gobernar el futuro, de los cataclismos inminentes. Me recomendaba tomar minerales y baños de arcilla, que eran antídotos contra los virus del Pentágono. Blancanieves me decía:

—El fin del mundo se acerca. Cariño, cómprate unas zapatillas.

—¿Para qué?

—Estamos en vísperas de una hecatombe nuclear, pero el emisario de Ganimedes ha llegado ya para rescatarnos. Mientras tanto, nosotros debemos caminar sin descanso. Ésta es la consigna. Antes de que caiga la bomba atómica hay que comer muchos vegetales, tomar minerales y vitaminas, cargarse de energía mediante algunas semillas portentosas que venden en un herbolario de Hudson Street.

Yo daba con Blancanieves insaciables caminatas por Manhattan a fondo perdido, sólo porque al final ella me lamía la oreja como una perra afgana y me hablaba de dioses modernos cuya luz era la clorofila y su poder la perfecta regulación del vientre. Andaba con Blancanieves cogido de la mano y ambos nos instalábamos bajo un rayo de sol en Central Park, y allí hacíamos el amor para provocar a los guardias

163

y luego subíamos en aquel autobús que era conducido por un extraterrestre y visitábamos puntos magnéticos de la ciudad, la discoteca Area, criadero de mutantes, o íbamos a bailar a Paladium y allí, tumbados en una lona con los dedos de cristal entrelazados, guardábamos silencio o me contaba cosas de su amiga Helen, una mulata de piel muy oscura, o tal vez de color violeta, que al parecer había habitado en otra galaxia y aún tenía las cejas escarchadas de estrellas y también las pestañas y el vello del pubis. Ahora servía con ella hamburguesas en la misma cafetería restaurante. En la sala Paladium bailaban posmodernos de Nueva York, seres de cuello trasquilado, y en los lavabos había pesebres llenos de cocaína. Le pregunté a Blancanieves si conocía a aquel tipo de la radio que me había llevado al club de los psiconautas.

—Sé que se llama Dick Ryan —contestó.

—¿Es extraterrestre?

—Nada de eso. Trabaja en una emisora de tercera clase. Tiene un programa nocturno y transmite nuestros mensajes para que sean recibidos por ellos.

—¿Por ellos?

—Por la gente de otros planetas que vive entre nosotros. Son miles. Seguramente son decenas de miles.

Cuando Blancanieves hacía el amor, en el punto superior del orgasmo le sonaban todos los cartílagos y su garganta emitía palabras que no estaban en ningún diccionario terrestre. Blancanieves me llevó un día a la cafetería restaurante para que conociera a Helen, y ahora que ha pasado el tiempo, Helen se hallaba sentada con los amigos anoche en el local de jazz, en Soho, donde un famoso conjunto en el que yo intervenía de saxo tenor y pequeño rey interpretaba *Tangerine* de igual forma que lo tocan los artistas consagrados. Entre la niebla de los cigarrillos y el vaho de los brebajes, en la penumbra, yo distinguía en medio del público aquellas siluetas familiares: Helen, la del pubis escarchado, el joven del levitón y peluca del siglo XVIII, el ciego del fagot, la madama de las flores, el viejo de la túnica romana con el casco de metal en la cabeza. Policías, prestes, representantes de distintas sectas religiosas y el perro conductor que me guió en el laberinto de Nueva York como aquel coyote que me había llevado al centro neurálgico del paraíso, en el desierto, todos estaban allí, y yo tocaba el saxofón para ellos, pero mi corazón, en ese momento, tenía una bravura de juventud y volaba por un lejano horizonte. Se encontraba bajo una jaima, al atardecer, junto a las murallas de Jaffa, y hacía sonar la flauta para el cuerpo de Abel y regocijo de un rey, su pequeña corte ambulante, el séquito de servidores, un grupo de gente principal del lugar que le había recibido en el puerto, y la melodía se expandía por un paraje de palmeras, higueras, cipreses, olivos, viñedos y sicomoros que se reflejaban al borde de un farallón del Mediterráneo en tiempos del Génesis.

Sonaron a la vez los aplausos en Nueva York

y en la jaima de Jaffa. Al amparo de los vítores de entusiasmo erótico, yo veía a Helen excitada cómo hacía palmas por mí y también vislumbraba en una imagen superpuesta al gordito y feliz soberano de Jericó, el rey Shívoe, aclamar enamorado el final de la danza de Abel, y me licuaba de celos, y las tormentas que mi alma soportaba eran furiosas, pero de una envenenada sutileza. Había en las bandejas esqueletos de lechales, teteras humeantes todavía y dulces de leche y miel. El sudoroso cuerpo de Abel, habiendo acabado de bailar, fue a tenderse de nuevo a los pies de su señor, el cual en acción de gracias lo acarició largamente e invitó a compartir esta lujuria a otros comensales de la cabecera del banquete. Todos lo amaban, le sonreían, lo ensalzaban y posaban sobre él las temblorosas manos del deseo. Sin duda, Abel no se acordaba de mí. Parecía embriagado de placer y desde el corro de gorilas donde yo volví a sentarme lo contemplaba desleído de amor, rodeado de pasteles, almohadones y miradas de fuego.

Cuando la recepción hubo terminado, el cortejo del rey Shívoe regresó al bajel al son de las trompetas que le rendían pleitesía en el muelle principal y allí pernoctó mientras los esclavos preparaban pertrechos, intendencia y bagajes para partir al día siguiente de madrugada en dirección al palacio de Jericó, junto al Mar Muerto. Aquella noche la pasé insomne y había luna, que ofrecía una emulsión de sombras lechosas a los aparejos del barco. Sentado en cu-

166

bierta, contemplaba el temblor del agua en el puerto, donde se hundían las luces de las anforetas, y un ligero vientecillo del sur me traía perfumes de magnolio, jazmines y madreselvas que se unían con el de estiércol de pollino o de camello arraigados en el espacio. En la explanada del puerto, al socaire de grandes troncos de cedro almacenados y otras mercancías que se iban a estibar, dormían mendigos, buhoneros, saltimbanquis, narradores de cuentos y tragasables. Parecían víctimas de un ejército vencido después de un glorioso día de sol y ahora, mientras Abel gozaba de los renovados favores del gordito Shívoe en el aposento real cuyas maderas brillaban como espejos, yo no hacía sino pensar en mi propia desesperación dentro de la belleza singular de aquellas tinieblas. Tal vez el monarca enamorado quemaría incienso en honor de mi hermano antes de que éste le ofreciera la carne. Pensaba en estas cosas a oscuras y entonces el arcángel Varuk se acercó a consolarme. Ante la plantación de mástiles, gavias y puentes de otras naves, que crujían según las balanceaba una suave marea, se podían escuchar canciones entonadas por algunos marineros en las cercanas cantinas. Sus voces tenían una nostalgia que erizaba la piel y contaban historias indescifrables de amores perdidos, de amigos muertos en la mar, de palacios erigidos en islas flotantes que iban a la deriva por el Egeo, donde los dioses bebían hasta caer ebrios a los pies de las ninfas. Yo tenía la mona en brazos y a mi lado se sentó Varuk, y

167

ambos, a contrapunto con el coro de los marineros, rumiábamos suspiros o blasfemias recordando aquella época en que uno estaba en el cielo y otro sobre la arena del desierto. ¿Habíamos sido felices entonces? El arcángel Varuk, también llamado Gabriel, hacía vuelos rasantes como un caza cuando daba escolta a Jehová, y todo el firmamento estaba a merced de sus alas. Le pregunté si había conocido a sus viejos compañeros condenados al fuego eterno.

—¿A Luzbel, Belcebú y Satanás?

—A aquellos colegas tuyos que se rebelaron.

—Los conocía muy bien. Éramos de la misma promoción. Habíamos hecho maniobras de vuelo juntos muchas veces hasta aquel día.

—¿Qué sucedió? Mi madre me contaba una historia acerca de este asunto.

—Les perdió la hermosura. Eran guapos. Demasiado guapos. Amigo mío, tienes que saber que la belleza es un veneno. Mata a quien la posee y paraliza a quien la contempla.

—Entonces yo debo de estar envenenado.

—Aquellos ángeles fueron cegados por el propio resplandor. En cambio, yo fui condenado por no reír algunos chistes. Pero dejemos esto. Sé lo que esperas de mí. Ésta es la respuesta: Abel morirá a causa de su hermosura y tú sólo vivirás si logras olvidarlo. No pienses en la belleza. Todo cuanto puedas decir de ella es falso.

Estas cosas murmuraba el gorila con garganta que olía a aguardiente y mientras tanto me mostraba los costurones de las alas cercenadas y la capadura de los genitales. Olvidar la

168

belleza para sobrevivir era la consigna, ya que el amor por ella sólo es el amor por uno mismo y este sentimiento, que no tiene fin, mata siempre sin remedio. Satanás, Luzbel y Belcebú eran unos pobres narcisos. Adán y Eva se reflejaron en una piel de manzana hasta la destrucción. El cuerpo de Abel se había convertido en mi espejo. Es la propia imagen vertida sobre un ser amado la que te aniquila. Hablando de estas cosas nos sorprendió el alba, y un vientecillo cálido, que arrastraba los últimos perfumes de los magnolios, hacía tintinear las jarcias de los barcos amarrados, y la débil claridad de la amanecida iluminó una extensión de cincuenta pollinos y doce camellos alineados en la explanada del puerto. El ajetreo del viaje comenzó apenas el sol hubo derramado una lámina escarlata sobre la mar. Los criados ensillaron el camello principal y lo adornaron con gualdrapas bordadas con el escudo del rey. A su lado, Abel cabalgó otro animal semejante en elasticidad aunque sin ornamentos especiales exceptuando su gracia natural. Palaciegos, dragomanes, favoritas envueltas en sedas dentro de las parihuelas, escoltas e intendentes formaban el cuerpo del séquito. Muchos servidores del monarca, entre los que yo me encontraba, ocuparon los pollinos y la reata de esclavos con enseres en la cabeza cerraba la marcha a pie. Después de haber sido despedido con honores y música junto a las murallas de Jaffa por los gerifaltes de la ciudad, la caravana se puso en movimiento y en seguida tomó el camino que marcaba una hilera de cipreses, y por la ruta del este, la comitiva, que levantaba una espesa polvareda, ganó las primeras estribaciones de un valle alto y generoso en sombras. El mar quedó pronto perdido a nuestra espalda y las gaviotas fueron sustituidas por los cuervos y auras tiñosas. El sol se impuso con dureza creciente a medida que cogía la vertical de los cráneos, pero la tierra era suave, con ondulaciones que iban tomando altitud hacia un cordón de montañas minerales que cerraba el horizonte. Aquélla era la región de Judea, un desierto lleno de fanáticos, víboras, piedras estalladas por la luz y alacranes, donde reinaba un solo dios verdadero. Sobre nosotros estaba el cielo, duro como un diamante, y tal vez era ya mediodía cuando sucedió la visión. Desde oriente llegó una escuadrilla de aviones de bombardeo que cruzaron la barrera del sonido muy cerca de la caravana, lo cual produjo un zambombazo estremecedor fuera de toda ley que espantó al ejército de pollinos y camellos y sembró el pánico entre las personas. Noté un estertor extraño en la mona cuando vino a refugiarse en mis brazos. Los aviones supersónicos volvieron a hacer varias pasadas a ras de la comitiva y luego desaparecieron por el oeste. La mona ya no logró reponerse de esta provocación y yo creo que enfermó de tristeza. Venía con el corazón herido. De hecho, ya no abrió nunca la boca ni mostró las encías cuando yo le hablaba del paraíso perdido, de Jehová, de Adán y Eva, sus amos primitivos, o de cualquier lance del pasado que pudiera despertarle la nostalgia. Reagrupada la caravana bajo la presidencia del gordito Shívoe, hicimos camino y durante la ruta aparecieron parapetos de alambradas, nidos de ametralladoras, esqueletos de hombre con harapos verdes pegados a las carnes podridas, cantimploras, fusiles y macutos que contenían biblias y cepillos de dientes. Pero el rey Shívoe, acostumbrado a esta clase de hallazgos, hacía caso omiso y ni siquiera volvía el rostro. Avanzaba impasible y sólo detenía la marcha en los puntos que los intendentes traían señalados en un mapa de papiro. Una reunión de higueras con manantial fue el primer alto de la jornada y allí acampó la expedición al atardecer para pasar la noche. Una vez instalado al amor del pollino, hice llamar a un sanador del rey valiéndome del favor de Varuk. Éste se acercó y yo le mostré a la mona, que daba señales de sufrimiento. El sanador le palpó el vientre, le escrutó el interior de los párpados y viendo que doblaba el cuello de una determinada forma exclamó:

—Morirá de melancolía.

—¡Maldita sea! ¿Por qué? —grité yo—. Ayer saltaba entre los palos del bajel. Estaba radiante. Su rabo era una fiesta, se colgaba con él desde la cofa y se balanceaba sobre el Mediterráneo.

—Estos animales son así. De pronto ven el futuro, no les gusta, y se niegan a vivir.

—¿Qué debo hacer para que sea feliz?

—Nada. Morirá antes de llegar a Jerusalén.

—¿Jerusalén?

—¿Acaso no has oído hablar nunca de ese lugar?

171

—No.

—Es una ciudad sagrada. La verás de lejos al pasar.

A partir de ese momento, la mona, que había crecido conmigo desde la infancia, estaba sentenciada a muerte en un plazo de tres días y yo me dediqué a rodearla de mimos. Esa noche durmió a mi lado bajo las mismas pieles de cabra y yo la acaricié hasta el amanecer y ella permanecía quieta y las hogueras que alumbraban el campamento le encendían las córneas y la dentadura y esto me hacía recordar las historias que nos contaba mi madre en los oasis del desierto cuando la mona formaba parte de mi alma. Ahora ella se plegaba contra mi vientre y levantaba hacia mí los ojos con expresión de lástima. Cada vez, sus movimientos eran menores y la concentración íntima de su semblante daba a entender que ya se había despedido del mundo. Durante dos jornadas de camino tuve que llevarla en brazos sin otro cuidado que el amor y las lágrimas puesto que ella se había negado a comer. Fueron aquellos días de ruta por las estribaciones de los montes de Judea extremadamente duros. Este desierto lo formaba un infinito pedregal y allí el sol parecía brotar desde abajo y todas las colas de los alacranes estaban erectas, rebosantes de veneno que la fulgurante luz traspasaba. Doce camellos enjaezados de modo regio, cincuenta pollinos en fila y un tropel de esclavos ascendían por collados de desolación donde no se avistaba un pájaro, una nube o una hierba. Los estertores que daba la mona en mi pecho crecían en número e intensidad. Yo le hablaba en silencio con el corazón compungido. No te mueras, bonita, no te mueras. ¿Recuerdas cuando de niño jugábamos a la sombra de los sicomoros y tú subías gritando a las palmeras y al atardecer la tierra olía a humo y el sol era dulce como nuestra carne y tú me enseñabas a no pensar en nada? No te mueras, bonita. Un día volveremos a aquella región y seremos felices de nuevo. Jehová bajará de los cielos vestido de bailarín de claqué o adornado con arreos de domador y tú treparás hasta su hombro y juntos echaremos pulsos y después celebraremos un festín vegetal en el oasis. Vi que se moría y entonces quise acompañar sus últimos instantes en este mundo con una melodía que no fuera demasiado triste y que nos recordara a ambos un pasado de gloria. Iba cabalgando en el pollino y llevaba a la mona apoyada en mi regazo. Saqué la flauta del zurrón y mientras ella estaba expirando y me miraba de la forma más lastimera comencé a tocar la flauta con un son antiguo que me llevaba a la adolescencia, a aquel mar de dunas en el que ambos nos habíamos criado. Hacía sonar una música muy dulce y hubo un momento en que la mona puso en mí los ojos totalmente desvalidos y, de repente, dejó de temblar. Quedó yerta con las pupilas paralizadas. Recuerdo que la caravana atravesaba a esa hora el valle de Hebrón y al coronar el monte más alto se fue mi compañera y entonces la ciudad de Jerusalén apareció de repente sobre una colina y sus murallas bordeaban una hoya ofuscada que llaman de Josafat. No traté de avisar a nadie, ni siquiera a mi hermano. Cubrí a la mona con un tejido bordado y muerta avanzó conmigo hasta el torrente Cedrón. La hoya de Josafat estaba aún sin estrenar. No había una sola tumba, pero al pasar la comitiva por allí me apeé con la mayor discreción y dejé que la caravana siguiera. En una ladera orientada hacia la puerta dorada de Jerusalén excavé una pequeña sepultura y con todo el amor y en una ceremonia solitaria deposité el cuerpo de la mona, que tal vez era la parte inocente de mi alma, en esa cavidad descarnada, repleta de luz. Puse el hocico de mi compañera de fatigas en dirección a la salida del sol y luego eché tierra caliente sobre su memoria. Ella quedó para siempre sepultada en el valle de Josafat, fue la primera en ocupar ese lugar de privilegio donde los mortales hoy esperan la resurrección de la carne. Creo que la mona también resucitará un día bajo el sonido de las trompetas de plata y si allí se celebra el juicio final ella no sólo quedará absuelta sino que volverá a encaramarse en el hombro del supremo juez Jehová y desde esa atalaya, al verme entre la multitud, vendrá a mi encuentro saltando por las cabezas de los reos con gritos de alegría.

Después de haber enterrado a la mona me incorporé al séquito del rey Shívoe y Jerusalén quedó atrás. Aquella ciudad parecía dormida en un humo de oro e incluso no daba señales de estar habitada, aunque sobre la arista sur de la muralla se elevaba un poderoso templo o palacio que según todas las noticias había sido o iba a ser morada de una nueva divinidad servida por un personaje de leyenda al que ya llamaban Salomón. El desierto de Judea continuaba, pero ahora sus colinas pardas comenzaban a caer hacia una profunda depresión del paisaje y el aire tenía una densidad casi sólida que aprisionaba las sienes. Faltaba sólo una jornada de pezuña para rendir viaje y la línea del horizonte se veía cada vez más baja, cortada a pico por un muro negro de montañas allá al fondo. Íbamos descendiendo por lo que sin duda había sido antiguamente un mar, ahora agotado por la sequía, y una mano abrasadora nos había precedido, llevándose cualquier huella fértil. No obstante, en una loma de plomo en medio del solanar, una familia de beduinos que incluía hijos y cabras estaba sentada a la sombra de su tienda montada con pellejos. Al paso de la comitiva, aquellos seres cubiertos con sayas y turbantes negros se levantaron y doblaron la espalda ante el rey Shívoe, del cual eran tributarios o súbditos. Más adelante, algunas chatarras de carros de combate punteaban las colinas y alrededor de aquellos esqueletos de hierro revoloteaban los grajos. Eran residuos de una guerra reciente. Por una calzada vecina a nuestra senda pasaban a veces carruajes y camiones con soldados que lucían uniformes verdes con floreados cascos y fusiles cruzados en el pecho. No guardo de este camino otra sensación que no sea la soledad, el dolor por la muer-

175

te de una parte de mi alma y la mordedura venenosa de los celos. Abel cabalgaba parejo al
rey y era honrado por servidores que atendían
sus mínimos caprichos. Pero, en medio de tanta
desolación, de pronto se presentó una visión de
gloria que me forzó a olvidar la fatiga. Cuando
mi pollino hubo doblado la colina inferior de la
tierra apareció enfrente el oasis más extenso y
feraz que jamás hubiera podido soñar. Era Jericó. Unos picos de roca segados lo protegían por
un flanco y delante de las murallas las palmeras se extendían hasta perderse de vista y en
medio de ellas se multiplicaba toda clase de
fuentes, frutales, acequias, huertos amenos, árboles de sombra y perfumes que cada una de
las flores expandía. En la raya del vergel, de
modo abrupto, comenzaba el desierto y en él
brillaba una charca densa e inmóvil de color
estaño. La rodeaban playas de sal y los nati-
vos del lugar llamaban a esa ciénaga putrefac-
ta Mar Muerto o Agua Interior. Por fin me encontraba ante ese pozo oscuro de mis sueños
que tantos augurios acerca de mi vida había
creado.

El palacio de Shívoe estaba dentro de un recinto doblemente amurallado y se componía de
sillares y maderas de cedro procedentes de Biblos. Desde sus almenas se dominaba gran parte del valle del Jordán: el país de los amoabitas
al este, las resecas laderas de Qumrán por el sur
y las rutas hacia Siquem y Megiddo al norte,
siguiendo el cauce del río. Aquel inmenso jardín pertenecía a Shívoe, que no lo sometió por

las armas sino gracias a su habilidad de diplomático y a un juego de alianzas. Colmenas, factorías de queso, telares, curtidores, batidores de cobre, fraguas y pasos de ganado, además del producto de la agricultura, florecían en aquel oasis situado en un punto estratégico de paso entre la civilización de Egipto y las ciudades de Mesopotamia. Allí reinaban los puñales que yo había acreditado con mi marca y eso siempre era un consuelo. Ya que no podía penetrar en el corazón de Abel al menos otros asesinos introducían mi nombre en las entrañas de los enemigos. En Jericó, mi hermano Abel vivía en las habitaciones íntimas de palacio, mientras yo habitaba con el cuerpo de guardia en un pabellón adosado a la muralla que controlaba la puerta. Ya en la primera noche que dormí en ese lugar, sobre un jergón de paja, tuve pesadillas de amor y a la vez trabé combates entre fieras e imaginé ciudades sumergidas. Sobre las aguas del Mar Muerto, implicándose en las emanaciones de asfalto, volaban murciélagos blancos del tamaño de un conejo y también otros animales todavía sin nombre, alados reptiles con cabeza de mujer y garras de león, basiliscos de mirada letal, dragones de alas puntiagudas que proyectaban una sombra en tierra, lentas e inmensas fieras de rabo articulado y el cuello tan largo que se perdía en el aire, gigantescas cabras con colas de pez, tortugas con picos de alcotán, cachalotes peludos y otros monstruos. Estos animales se elevaban relinchando en el espacio y se enzarzaban en un duelo mortal y yo, desde una ladera, contemplaba sus encarnizados combates. Con toda la majestad en las alas, unas serpientes de extraordinaria grandeza ascendían hasta quedar suspendidas en la copa del valle y de pronto comenzaban a atacarse mutuamente por parejas y emitían gritos compaginados con las heridas que se inferían y veía cómo se daban zarpazos y dentelladas mortales en el cielo bruñido del Génesis. Una bandada de buitres acuáticos esperaba abajo y cuando un combatiente caía derribado quedaba a disposición de estos degustadores y entonces se producía un gran banquete de vísceras. En sueños también adivinaba en el fondo del Mar Muerto dos ciudades sumergidas, y aunque sus habitantes estaban ahogados, vivían intensas pasiones. La inundación les había sorprendido en el éxtasis de una orgía multitudinaria, en el punto culminante del amor. Centenares de fiestas se celebraban bajo las aguas y en los atrios de los templos submarinos había adolescentes que practicaban la sodomía y algunos viejos pederastas impartían magisterio a los neófitos y también había mujeres que unían sus cabelleras y la floresta de los pubis al pie de ciertas diosas levantadas en pedestales de oro. Pero era un mundo paralizado. Sólo se agitaba el sonido de una música frenética. De todas las partes de aquel mundo subacuático salían melodías de jazz. Mi sueño sucedía en la vertical del Mar Muerto: arriba se entablaba una carnicería en el espacio, abajo se extasiaba una cultura de carne suave en las profundidades de la ciénaga. Le pregunté a Varuk el significado de esta alucinación: batallas en el aire con fieras de increíble crueldad y dulzura de placeres en el fondo del agua, que a la vez emanaba pútridos vapores de asfalto. El gorila Varuk me miró con la mansedumbre de un arcángel capado después de haber meditado semejante enigma.

—No se oye hablar sino de guerras. Todos los viajeros y navegantes coinciden en que estamos al final de una era. Se ha terminado el tiempo del amor. Tal vez tu sueño quiera decir eso.

—Yo amo. Soy Caín. Amo intensamente la vida.

—¿Y qué?

—Mira este jardín de Jericó. Es superior en belleza al paraíso perdido. Una vez estuve allí. El edén sólo es una memoria de arena. En cambio, este vergel fluye en el interior de los sentidos. ¿Quién sería capaz de destruirlo?

—Algún día esta belleza se cubrirá de ceniza. Y después del llanto será olvidada.

Durante mucho tiempo fui feliz en Jericó. Mi hermano Abel no me amaba pero me protegía y mi corazón tenía un motivo para latir sólo por la esperanza de recobrar un día su amor. Mientras tanto, yo me aplicaba en el ejercicio de la flauta, en el grabado de puñales y en combinar pócimas de veneno de cobra con polvos de ámbar gris. Era una práctica que me enseñó un saludador, maestro en bebedizos amorosos y en combinados de resinas que doblegaban la voluntad de los amantes esquivos. Tomaba flores de melisa, que es bálsamo común, y las hervía con miel y jugo de terebinto; lo disolvía en agua de rosas y añadía siete gotas de veneno de áspid y con ello hacía un cocimiento con tres pizcas de un polvo de ámbar. Le di a probar a mi hermano Abel este brebaje sin resultado alguno, pero nunca perdí la ilusión de que todo volviera a ser como antes y que un día la pócima hiciera germinar en sus entrañas una renovada pasión. Por lo demás, el tiempo que pasé en Jericó es ya una sensación esfumada, que si bien duró varios años, se ha convertido en un punto de la memoria o del deseo. En ocasiones fui llamado al interior de palacio y vi que en él todo se constituía de maderas perfumadas y había reproducciones en oro de los animales del país, ya fueran aves, peces o cuadrúpedos. Abel reinaba en el gineceo servido por eunucos y en las fiestas señaladas él bailaba y yo tocaba la flauta, aunque muy pronto mi vida derivó hacia el cultivo de los idiomas gracias al trasiego de caravanas que cruzaba aquel oasis en todas direcciones. Florecía el esplendor del comercio y la libertad era el bien más preciado. Yo mismo me convertí en guía de traficantes durante una época y me hice dragomán. A causa de este trabajo conocí nuevas tierras, siempre al servicio del rey Shívoe, y realicé viajes fructíferos para el espíritu, puesto que trabé conocimiento de otras costumbres y entré en contacto con riquezas que se multiplicaban en apartados confines. Cuánta variedad de dioses, vulvas, falos, cuchillos y joyas no había en las tierras que visité cabalgando un dromedario. Llegué hasta Ofir, puerto situado en el golfo; recorrí innumerables veces la ruta del Jordán, jalonada de ciudades levíticas; coroné los montes del Líbano para alcanzar por detrás de nuevo Biblos y Jaffa. Desde allí navegué por las islas del Egeo y en Delfos quemé incienso a los pies de Apolo. En Creta presencié las acrobacias de los atletas que saltaban con una pértiga por encima de la embestida de un toro salvaje, me extasié ante los delicados frescos con delfines azules del palacio de Cnosos. Había en Creta noventa ciudades y ninguna tenía murallas, tal era la dicha y fortaleza de esta civilización cuya paz duró mil años. En ella no había héroes, pero en esa isla nació Zeus en una gruta y por primera vez se uncieron bueyes con arado y sus habitantes se alimentaban de sensaciones solares y vivían la plenitud de los instantes y se adornaban la cabellera con guirnaldas para hacer el amor junto a las ánforas de mosto. En las gradas de Cnosos bailaban vírgenes en celo y contra las columnas de color vino eran fecundadas por el minotauro. También asistí a los ritos de iniciación en Eleusis, valle de mieses y olivos del Ática, donde se veneraba a Deméter, y en Delfos ya estaban levantando el templo para que el oráculo guiara el destino de los mortales. Luego tuve que embarcarme rumbo a Egipto y en una mastaba del desierto, bajo la luz de mediodía, me miré en los ojos de un búho y de esta forma experimenté una noción de inmortalidad. En Menfis había compraventa de momias, escarabajos de alabastro y cobras amaestradas para guardar sepulturas. Los dioses hacían el amor con los animales y éstos a su vez se apareaban con hembras humanas. El culto del sol no era más que la evidencia de las cosas y las tinieblas estaban formadas por una acumulación de almas. Muchas enseñanzas saqué de estas correrías como guía de expediciones y representante de puñales. Al final de cada periplo regresaba a Jericó y encontraba en el oasis un esplendor creciente. Los festines se repetían y en ellos las muchachas se daban en público a los mancebos y la felicidad se había hecho causa común. Pero un día sucedió algo extraordinario. De vuelta de un viaje hallé un gran tumulto en la plaza principal y sobre las cabezas de la multitud vi una jaula elevada con cuerdas que contenía un prisionero de magnífica presencia. Una caravana acababa de llegar a la ciudad después de haber recorrido la Media Luna Fértil y había sido conducida por un príncipe negro al que reconocí en seguida. Tenía fama de gran cazador de tesoros y esclavos, y ahora los mercaderes, mendigos y buhoneros de Jericó lo rodeaban. Era Elfi. Cuando me acerqué también él me reconoció al instante. Estaba algo envejecido pero todavía conservaba la apostura de aquellos tiempos de mi adolescencia, cuando habiéndome rescatado de la arena me condujo a Biblos. En medio del gentío de la plaza, a la sombra de un camello, nos miramos largamente y fue él quien primero sonrió. Me puso la mano en el hombro y me preguntó por mis cosas y yo le interrogué de cuanto había visto en esos años de ausencia. El príncipe negro también traía noticias de cataclismos inminentes. No se hablaba de nada más en el espacio de la Media Luna Fértil. Un viento de exterminio se acercaba, aunque él había notado que en todas las ciudades, a pesar de tales presagios, el desenfreno y el amor a los placeres eran indecibles. Luego, el príncipe Elfi, cuya fama de cazador pasaba las fronteras, señaló el prisionero elevado en una jaula sobre el bullicio del público y echó un amago de carcajada.

—¿Te gusta la pieza que he capturado? —me dijo.

—¿Quién es?

—Te juré que lo conseguiría. ¿Recuerdas?

—No acierto a distinguir su rostro desde aquí. Parece un gigante. ¿Quién es? —pregunté.

—No puedo creer que lo hayas olvidado. ¿Has perdido la fe?

—¡No!

—¡Es Jehová, muchacho!

—No lo es.

—Lo cacé con una red. Apenas opuso resistencia.

—Reconocería a Jehová entre miles de dioses. Ese gigante no es el amo de las esferas. No es el todopoderoso. No es el creador del universo.

—Quienquiera que sea está ahí, en la jaula, para ser vendido como esclavo en pública subasta. Pesa 120 kilos en canal, todo magro, sin una pizca de grasa, y puede servir de gladiador, estibador, levantador de troncos y de eunuco si se le capa.

El príncipe negro me dio otras noticias. Dijo que Eva había muerto. Había encontrado su esqueleto en aquel oasis y junto a él balaba una cabra conocida. La había visto viva en distintas ocasiones, cada vez más anciana, más hermética y siempre le daba el mismo mensaje: si un día ves a Caín, dile que fue mi hijo predilecto, el que ocupó por entero mi corazón; recuérdale que nunca vuelva el rostro hacia el pasado; la vida consiste en huir detrás de un sueño que no existe. Durante el último viaje, el príncipe negro encontró su esqueleto sentado al pie de un granado y de eso hacía ya un año.

—¿Moriría feliz?

—Creo que sí.

—¿Cómo es posible saber esas cosas?

—Cada vez se parecía más a la arena y llegó un momento en que se confundió con ella. Enterré sus huesos y puse una piedra sobre la sepultura. Las cabras fueron aventadas por el destino.

—Pasarán los siglos y aquella mujer será recordada por su afán de gloria. Por su desafío a los dioses.

Quise hacer partícipe a mi hermano de estas nuevas y pedí audiencia para entrevistarme con él en palacio y después de algunos días de espera me recibió recostado en almohadones bordados al fondo del gineceo, en una estancia privada cuya celosía daba a la plaza principal de Jericó. Antes de llegar a su presencia tuve que atravesar varias salas y en cada puerta había una pareja de guardias que se inclinaban a mi paso y luego me franqueaban la entrada. En el trayecto desde el pabellón encontré a Varuk. Estaba absorto mirando la plaza por una ventana sin apartar los ojos de aquel ser extraordinario que pendía en el aire dentro de una jaula a merced de los gritos del pueblo. No pude hablar con él, pero en su semblante vi el pánico dibujado. Yo seguía el laberinto que el introductor me descifraba y, de pronto, se abrió la última puerta y allí estaba el adorable narciso Abel, de carne recamada, con dos aguamarinas en la mirada. Me acogió con cierta ternura no exenta de un punto de cortesía. Me besó en la frente y yo le dije que Eva había muerto. Pero él no recordaba quién era Eva, ni tampoco había oído hablar de aquel príncipe negro. Entonces le supliqué que mirara por la celosía. Así lo hizo. Se levantó con estudiados ademanes de felino y se acercó a aquella trama de luz que se vertía en el suelo del recinto desde la plaza.

—Entiendo que van a subastar a un esclavo.

—Sí.

—Parece increíblemente fuerte.

—Hay quien asegura que es el propio Jehová.

—¿Jehová? ¿Quién es Jehová? —preguntó mi hermano.

—El dios de nuestra infancia —le dije.

—No lo creo. Yo sólo veo un gigante. Como ése se crían muchos en el desierto. Voy a pedir que pujen por él. Me gustaría caparlo y tenerlo a mi servicio.

Le puse la mano en la cintura y no la rechazó. Le insinué temblando si deseaba iniciar de nuevo aquel juego de las joyas, y Abel, sonriendo de mala gana, me llevó a un lecho de flores y me obligó a ungir su cuerpo con un bálsamo y luego hizo que quemara incienso a sus pies. Con cierta displicencia puso la bolsa de cuero que contenía el tesoro de la familia junto a su sexo, bajo el peplo de lino, y recostado con pereza de puma me ofreció su carne como un camino secreto. Mientras jugaba al amor con Abel, fuera, en la plaza, comenzó la subasta del supremo esclavo y los gritos de los licitadores llegaba hasta nosotros y se unían a nuestras risas y gemidos. Había una fiesta de música en la calle y los buhoneros predicaban las mercancías y se oían yunques de herrero, voces de saltimbanquis y cantares de mendigos y juglares. Era una tarde de verano y en Jericó todos los perfumes del oasis acudían a la llamada de los sentidos. Yo estaba a punto de descubrir el tesoro en el vientre de Abel y en ese momento se oyó un ruido como de varios truenos superpuestos y primero pasaron en vuelo rasante tres escuadrillas de aviones y en seguida comenzaron a caer bombas sobre la ciudad y sus habitantes, sobre el ganado y los árboles. Por todas partes saltaban conos de fuego, heces de metralla, y las paredes se derrumbaban y los cimientos del infierno temblaban y escupían más fuego todavía y las columnas se partían en pedazos, dejando que las techumbres se desplomaran, y en medio de los cascotes se oían alaridos, se veían cabezas cer-

186

cenadas, mármoles ensangrentados, brazos y piernas separadas del tronco. Abandoné el sexo de Abel palpitando y con un puñado de joyas en la mano, que iba perdiendo por el camino, huí del palacio, atravesé el oasis bajo las bombas y corrí a refugiarme en una cueva en las estribaciones de Qumrán, a orillas del Mar Muerto que hervía al resplandor de los incendios. Ignoraba la suerte que había correspondido a mi hermano, aunque sus gritos pidiendo auxilio aún sonaban en mi corazón. En la huida sólo vi desolación, pero sabía que Abel estaba vivo. Otras formaciones de aviones supersónicos en punta de lanza volaron de nuevo sobre Jericó y dejaron caer cargas de napalm, y desde la cueva de Qumrán contemplaba con horror aquella resina incendiaria que se pegaba a los cadáveres y les obligaba a arder por segunda vez. Se licuaban las estatuas, los jardines chamuscados albergaban animales muertos y las palmeras aún despedían llamaradas. Todo el horror se concentró en aquel paraíso y desde la ladera de Qumrán yo contemplaba el genocidio apretando con el puño una esmeralda y la dentadura áurea de Adán. Sólo quedaban hogueras, ruinas humeantes y alaridos que poco a poco fueron cesando hasta llegar al silencio. Entonces vi que un pelotón de soldados avanzaba por la orilla del Mar Muerto y se dispersaba luego por los torreones de barro petrificado en busca de refugio. Uno de aquellos guerreros llegó hasta la cueva donde yo me encontraba agazapado. Entró, me observó y no dijo nada. Se sentó ante el panorama del incendio y, permaneciendo callado, parecía pensar en cosas lejanas, en otras tierras, en otros mares. Se quitó el casco floreado, dejó el fusil a un lado, abrió el macuto y sacó un transistor para oír tal vez las últimas noticias de la matanza, pero de aquel aparato comenzó a salir la voz maravillosa de Yvie Anderson que cantaba una preciosa melodía de entreguerras, *Love is like a cigarette*. La letra de la canción cuyo sonido era esfumado venía a decir: el amor es como un cigarrillo, mi corazón se quema entre tus dedos y mi vida se abrasa cuando se acerca a tus labios y en tu boca se consume. El amor es como un cigarrillo. El soldado rompió a llorar llevado por nostalgia de aquella voz. Le pregunté:

—¿De dónde eres?

—De Nueva York —contestó.

—Es uno de los nombres más bellos que he oído.

—Nueva York es un reino que desbordaría tu imaginación si habitaras en él.

—¿Me hablas de otro paraíso?

—Sí.

—He visto ya demasiados paraísos en la tierra. Me llamo Caín. Sólo busco un poco de amor.

—En Nueva York, el amor se consume en la punta de todos los cigarrillos.

La escuadrilla de aviones volvió a pasar envuelta en un trueno, pero ahora el estruendo de las bombas sobre Jericó era la misma granizada de aplausos que hacía trepidar el recinto del

Club de Jazz cuando la propia Yvie Anderson, acompañada por mi saxofón, por el piano de Oscar Peterson, la batería de Alvin Stoller, la guitarra de Herb Ellis y el contrabajo de Ray Brown cerró aquella famosa sesión repitiendo una canción que me envenenó la memoria. El local se venía abajo y el sonido era semejante al de los cazabombarderos, y no hacía sino machacarme el cerebro, pero ahora caía la primera nieve blanda de madrugada sobre Nueva York y los amigos íbamos por la calle a celebrar la muerte de Abel, extirpado ya de mi alma, y mi consagración como artista. El grupo de la victoria lo formaba una dotación de policías, un ciego con las córneas de almeja, una madama empastada de rímel, un viejo con túnica romana y sopera de metal en la cabeza, un joven pálido con peluca del siglo XVIII, Blancanieves de carne espiritada y mi novia Helen, la reina de las hamburguesas al minuto. Pasquines con mi imagen adornaban las paredes de Manhattan y el perro protector guiaba aquella expedición nocturna bajo la nevada en dirección a la pista de despegue. Todo el mundo quería volar esa noche. Los anuncios de la ciudad se licuaban y por la calzada pasaban limusinas en cuyo interior iban depositados carcineros italianos tenores y también se veían pavos reales con la cola desplegada, hadas madrinas envueltas en gasas a la salida de los espectáculos. ¿Dónde estaba la pista de despegue? Se oían sirenas de ambulancias y los coches patrulla cruzaban las esquinas con linternas de cobalto y cantos de

189

búho y en todas las emisoras de la policía se repetía el mismo mensaje. Abel ha muerto, Abel ha muerto, Abel ha muerto. Caín se ha salvado. El boletín de noticias transmitía el bombardeo de Jericó. Narraba los pormenores de una matanza espectacular. Al parecer, allí había muerto el propio Jehová, un rey gordito y feliz, un príncipe negro y muchos mercaderes. Abel había perecido bajo los escombros de un palacio de mármol y madera de cedro, y para celebrarlo esa noche, después de mi triunfo con el saxofón, estaba dispuesto a hacer el amor con Helen hasta que la pasión que por ella sentía se convirtiera en extracto de médula a las seis de la mañana. Al pasar por Washington Square a nuestro grupo se unieron tres hombres rata. Y luego, por todas las alcantarillas, salieron muchos más. ¿Sería cierto que estaba a punto de llegar un emisario para arrebatarnos en un carro de fuego? De pronto, en la misma plaza, vi que el perro se paró frente a una cabina telefónica y entonces recordé que tenía una llamada pendiente. Dije a los amigos que esperaran. A la luz de un farol, bajo la nieve de Nueva York, en la madrugada, leí en la agenda aquella nota que escribí en una estación del suburbano: muchacha azul que pasó como una ráfaga por los intestinos de Manhattan. 212.2276519. Entré en la cabina y marqué ese número de teléfono. Alguien descolgó el aparato y en seguida oí una voz femenina muy dulce que sin dejarme despegar los labios me dijo:

—Hola, Caín.

190

—¿Eres aquella chica que vislumbré a través del vaho de una ventanilla?

—Así es.

—Te he llamado. ¿Puedo verte?

—Sí.

—¿Cuándo?

—Esta misma noche. Ahora mismo. Frente al Waldorf Astoria.

Fue un largo trayecto bajo los copos que caían con mansedumbre sobre el asfalto. Los amigos íbamos cantando. La madama, el ciego, el joven pálido, Blancanieves, Helen y los hombres ratas, además del perro y la dotación de policías. Fue una gran visión. Al doblar una esquina de Park Avenue descubrimos que un algo brillaba con una intensidad desmedida frente al Hotel Waldorf Astoria. Parecía que estaban rodando una película. Y en realidad era eso. Había un carro de fuego y al pie del artefacto, muchos pasajeros hacían cola para viajar a otro planeta. Un cono de luz que iluminaba el camino del espacio oscurecía la nieve y junto a él estaba la muchacha que descubrí a través de una ventanilla del suburbano. Al verme se acercó.

—¿Cuántos sois? —me dijo.

—Doce.

—Toma los billetes. Dentro de poco todos estaréis en Ganimedes. Buen viaje.

Ella me tendió la mano esperando. Saqué del bolsillo la perla negra de Tiffany's y se la entregué con una sonrisa, y poco después todos comenzamos a volar. En Nueva York nevaba y

allí abajo el amor era como un cigarrillo. Oh,
sexo estrellado, memoria de arena. ¿Qué licor
de alacrán habrá puesto tan dulce mi corazón?